脳梗塞を生きる

改編『脳梗塞の手記』

菊池 新平

東京図書出版

『脳梗塞の手記』改編にあたって

私は2019年4月刊行の『脳梗塞の手記』を読み返し、「分かってくれ！　杜撰《ずさん》な医療や、全身麻痺の辛《つら》さを！」と繰り返し叫ぶ自分に情けなく嫌悪を感じてしまった。

そもそも根本的にそこに立ち至った原因は、自らの不摂生にあったのだから。〝百薬の長〟に味をしめ、たらふく浴びるように腹に収めた結果の報いである。大切に服薬すれば長く今も楽しめたはずなのに、過ぎたるは及ばざるがごとしである。

その責任を周囲に求め、己が過失に気付こうともしない、そんな身勝手な輩《やから》の主張に付き合うひとなど居るはずもない。

改編では、現在も世話になる私の周囲のひと達に対して、阿《おもね》ろうと擦《す》り寄る小狡《こずる》さを棄《す》て、改めてその時々の振舞いを振り返り、立ち止って、何がもどかしく、何がいけなかったのか、自らの苦しみの内側を抉《えぐ》ってみようと思う。

再発から5年、重い麻痺を抱え如何ともしがたい身となった私であるが、叶わぬ自由のなかだからこそ見る、初めての景色、動かぬ手足だからこそ知り得たこと、だからこそ立ち至った考え、改めて知った身勝手な私を支える大勢の人々、それはこれまでの六十余年で得た経験を遥かに超えるたくさんの知識と経験を私に与え、自由に動けた頃の行動範囲を超える新しい世界を私に見せてくれた。

厭《あ》きれるほど変化のないリハビリの毎日、なかなか神経の繋がりを感じられず、また筋力の成長も自覚出来ない。

そのくせ、ちょっとした発熱程度でも、数カ月もかけて身に着けた、リハビリの成果を忽《たちま》ちのうちに奪ってしまう。

同じ景色の中にいる私は、後戻りしたことにすら気付かない。毎日続く同じ景色に苛立ちは次第に大きくなる。

罪を犯し、与えられた罰に服し、運び上げた岩が今登って来たばかりの岩山を転がり落ちていく光景。

何百回、何千回と繰り返し続ける内に、落ちていく麻痺という岩をもう一度抱えに戻るこの瞬間だけが、この上もなく至上の休息とも思える罪深き罰を背負った私である。

まるでシーシュポスの神話(註)の中を歩くように！

いや！　そろそろ終わりにしなければ！

立たなければ、歩かなければ、この物語は完結しない！
私が立たなければ、この改編は陽の目を見ることが出来ないのである。
さあ、私の5年にわたる、立ち上がるまでの臨床の履歴を披露しよう！

２０２０年3月

脳梗塞を生きる◇目次

第一章

病を得るということ

1　ある日　突然に

２０１５年3月16日、月曜日、20時30分過ぎ。

「ただいまー」

玄関のドアを開けると、妻が大きな声で「どうしたの？　変よ！」

「えっ⁉」

「救急車を呼ぶわ！」

「ちょっ、ちょっと、待て！」言う間もなく。

それほど異常だったのだろうか？

妻は私の顔を見るなり、そう叫んで電話を取った。

この日、私は会社で午前、午後それぞれ2時間ほどの会議の進行役を務めた。

私はこの午前の会議の中で滑舌《かつぜつ》の悪さを感じた。

そして午後の会議では、それぞれの発言をまとめようとして上手く口が廻らなかった。

会議終了後、議事のまとめを作ろうとしたが、頭がモヤモヤとしてなかなか文章に結ばない。

数時間が経《た》ち、18時の就業時間が過ぎて19時近くになっても、全然はかどらない。

気持ちばかりが急《せ》いて、出てくる言葉が文章となってなかなか指先に伝わらないのだった。

どんどんイライラが高《こう》じ、投げ出すように大きく息を吐き出して、まとめ作業を止《や》めた。

『一晩寝れば大丈夫だろう』と家に帰ることにした。


会社から駅までは5分、家までは電車で1時間半ほどの距離があった。

電車は混雑していたが、乗るとすぐ目の前の席が空いた。

座ることが出来て〝ホッ〟とした時、顔面に違和感が！　明らかに左顔面が落ちた。

『えっ！　何？』突然の出来事に狼狽《ろうばい》し、全身に緊張が走る。心拍数が上がった。

『体の中で何かが起きた？』『どうする？』『私は何をすれば？』

緊張に収縮した心臓の動悸が一瞬の間をおいて、小刻みに震える。

『どうする？』

いつもは途中で中距離列車に乗り換え、各駅停車の終点に向かうのだが、停車中に立ち上がり、乗降口に向かうことなど到底出来そうにない。

そんなに素早く動けそうにない。

自分の身に起きた事の重大さは理解しているはずなのだが、緩慢な思考は、駅員はおろか周囲の乗客に助けを求めることも躊躇《ためら》った。

動揺が思考を臆病にさせたのか？　この時襲った病が思考を緩慢にさせたのか？

俯《うつむ》いた自分の顔は醜《みにく》く歪《ゆが》み、顔を上げた途端、周囲に驚きの悲鳴を上げさせてしまうのではないか？　などと勝手に思いを巡らし、そのまま顔を隠すように下を向き続けた。

結局、どうせこのまま乗り続けても目的地は同じ終点、臆病で何も出来ない自分をそう納得させ、俯《うつむ》いたままこの電車に乗り続けることにした。

各駅停車の終点では、手摺《てす》りに掴《つか》まりながら、電車を乗り換える、体の動きは鈍く重かった。

自宅最寄り駅までは、ここで乗り換えて、あと15分ほど。

いつもは妻に最寄り駅まで車で迎えを頼むのだが、それさえ躊躇《ためら》われて、駅から覚束《おぼつか》ない足取りで、自宅へと向かったのだった。

途中いろいろ危急を告げることも考えたが、不案内な場所では心細く、また自分自身がとても頼りなく、それが妻でさえ、家に着く前、途中で何か口を挟《はさ》まれるのは嫌で、また怖かったのだった。

そして『とにかく家に帰らなくては』とただただ家を目指したのだった。


だからなのか妻が一も二もなく救急に電話した時には、救われた気分だった。

さて、そろそろ救急車が来る頃だろうか？


改めて鏡の中の自分の顔を見てみると、電車の中で感じた衝撃ほどの変化はないように思えた。

妻が騒ぎ立てなければ『明日、病院に行けばいいや』程度に思ったかもしれない。

などと思いながら二階の自室に行き鞄を置いた。

まさか背広で救急車というわけにもいくまい、パジャマに着替えた。

さて、入院となると何を持てばいいのだろうか？

何も思い浮かばない、所在なく机の引き出しを開けたりしてみる。

そうこうしている内に、遠くから救急車のサイレンの音が近づいて来た。

結局、何を持てばいいのか思い当たらず、背広から出した携帯などを鞄に入れ玄関に向かった。

鞄は妻に預けた。

救急車のサイレンが家の前で止まった。

救急隊員が担架を抱えて、妻が開けた玄関に入って来た。

隊員は玄関の椅子に座り込んでいる私に、容態、経過を聞きながら体温や血圧、血中酸素などを測定する。

私は電車で帰宅途中の19時15分頃、左顔面に脱落を感じたことを訴えた。

自分で救急車まで歩こうとすると諫《いさ》められ、担架に乗せられて救急車に運ばれた。

救急車内では搬送先を探す電話が繰り返されている。

何件目かの電話で受入先が決まり、車が動き始める。S病院へ。

『S病院？』この時、健康に無頓着《むとんちゃく》だった私は、S病院がどんな病院でどこにあるのかも知らなかった。

私はただ、寝心地の悪い救急車のベッドの上で、どこを走っているかも分からず、右に左に揺られるままに体を任せるしかなかった。救急車の中は意外と殺風景だった。

病院に着き救急車のドアが開《ひら》かれた。

急に眩しいほどの光と、冷たい空気が流れ込んだ。辺《あた》りは、慌《あわ》ただしく騒がしい。

救急車の中に寝かされていた私は、そのままストレッチャーへと形状を変えたベッドで救急搬入口へ。

救急隊員から容態を聞き取った病院スタッフは、素早く検査室へと急ぐ。

ＣＴ検査、ＭＲＩ検査、レントゲン検査など矢継ぎ早に検査が行われる。

ＭＲＩ検査は、恐ろしいほどの音響が頭全体に響き、耐えられない装置だと聞いていたが、覚悟したほどの苦痛は感じなかった。

一連の検査が終わり、医師のいる処置室に運ばれた。

処置室では医師が画像を見ているそばに運ばれ、身体に心電図の端子などが取り付けられた。

医師が看護師に様々な指示を出す。

やがて何種類かの点滴など、一通り処置が終わると、医師から診断結果が伝えられた。

「脳幹に梗塞（註）が診《み》られます。詳しくは経過を見て来週月曜、ご本人、ご家族にお話しします」

付き添って来た妻に伝えられる。それを聞いて妻は自宅に引き上げた。

どうやらこの病気、頭にメスを入れられることはなさそうである。

しかし脳梗塞（註）なのだろうが脳幹ってなんだろう？　右梗塞とか左梗塞とか言わない

のだろうか？

この時は、その意味もよく分からず聞き流したのだった。

処置室で1時間ほどの経過観察が終わり、病室に移された。

もう時間は零時を過ぎていた。

病室では看護師から入院中の規則や病歴などの確認や告知があった。

私は胃瘻《いろう》（註）や終末医療については望まないこと、等を告げた。

終わって我慢していた小用に立つ。

看護師が付き添って来てくれたが、点滴棒を持ってひとりで歩いても問題なく、手足も従来通り動くし、記憶も欠落しているようには思えなかった。

何事もなくトイレを済ませ眠りに就いた。

翌朝、起きてすぐ身体に異常、違和感がないか自分の感覚に問いかける。

顔面に若干の歪《ゆが》みは感じるものの、他には何も異常がない事を確認した。

これなら治療に2〜3週間もあれば退院出来るだろう、などと勝手に思った。

朝9時前、会社に電話、入院の経緯《いきさつ》を伝えた。

この時点でも手足に麻痺はない。記憶の欠落もないように思えた。

ただ、話す時、唇の端から多少空気が漏れる。2～3週間で復帰可能だろう、と伝える。

昼また、電話を入れ、役員に同様のことを伝えた。


しかし、この日の夕方、異変が……。

ベッドに何をするでもなくぼんやりと腰掛けていると、〝スゥーッ〟と左腕から力が脱《ぬ》けて、腕が真っ直ぐに伸ばせなくなる。

ダラリとぶら下がった腕に力が入らないし、腕が重くて思うように上がらない。

左足は力を籠《こ》めようと踏ん張っても、芯を失い、麻痺が腿の付け根から足元に向かって、浜辺に押し寄せた波が沖に戻るより早く力を奪っていく。足そのものの実態が体から離れて行く。

これは？　麻痺！　見る間に麻痺が広がっていく。初めてナースコールを押した。

どうして？　ちょっと前には点滴棒を自分で持ち、トイレにも問題なく歩いて行けたのに何故？

看護師が来て、今起きていることを話すと、直ぐに非常ボタンが押され血圧などが取られる。

周囲に慌ただしく看護師が集まり、その会話が交錯する。

ベッドのまま検査室に運ばれＣＴ、ＭＲＩなど昨夜と同様の検査が行われた。

それが終わって病室に戻るのか、と思っているとベッドは別の部屋へ。

ナースステーションに一番近い病室に運ばれた。

せわしなく頻繁《ひんぱん》に看護師が出入りする。

周囲のベッドには手足を拘束されたり、管をたくさん繋がれたりしている患者ばかりだ。

何だ、この部屋は？

程なく、どうやらこの部屋は、重篤患者に割り当てられた病室のようだと理解した。

自分もこの仲間か。医師の説明はないのか？　不安の中で怯える患者へ、説明など何もなかった。

麻痺はまだ進行し続けているのだろうか？　治療中でも進行するのか、この病気は？

不安は増幅され、どうなってしまうのだろう？　と恐怖感が私を包み込んだ。

動揺の中で時間を過ごす私に、夕食が用意された。

何の経過も知らされず、医師は顔すら見せない、そんな中で飯を喰えというのか？

医師にとって患者とは、その程度の存在なのだろうか。

食事に箸を付ける気になどとてもなれなかった。

もう麻痺の進行は治《おさ》まったのだろうか？　気持ちの昂ぶりが収まらなかった。

一体どうして？　どうして、こんなことになるのか？

治療中にもかかわらず突然襲い、忽《たちま》ち広がる麻痺という得体のしれない病根。姿も見せず襲って来る麻痺という魔物に怯え、悶々《もんもん》と交錯する思い、麻痺に覆われた恐ろしい自分の姿を想像するうちに、いつの間にか寝入ってしまった。


尿意を覚えて目が覚めた。深夜になっていた。

さっきまでの事が急速に蘇《よみがえ》って来た。

夢だったのならいいのだが？

夢であってくれ！　と願った。そっと手を動かしてみる。

夢じゃない、現実に起きたことなのは、すぐに分かった。

左手は毛布が重くて持ち上げられない。

右手を使って毛布を払い除け、足の位置に手を伸ばして触れてみる。

『あれっ？　足じゃない。何故こんなところに毛布が？　邪魔で足が動かないじゃないか！』

頭を持ち上げ、毛布と思ったところを見て驚く。

そこにあるのは自分の足、右手はしっかり左足に触れているのだが、左足に触られている感覚がない。

これが脳梗塞による麻痺という感覚なのか？

右手に触られた左足の感触は、幼い頃、泥遊びで付いて乾いた泥の上から触った感じだ。

しかし、泥遊びの泥は触ればポロポロと落ちるのに、これは張り付いて落ちない。

今、私の左足は泥を塗りつけた丸太が、ただそこに置かれているような無機質な存在だった。

麻痺が引き起こした結果に動揺は大きかったが、その時もう一つの切迫した感覚に襲われる。

差し迫った尿意だ。こんな時にも排泄の欲求は容赦なく襲ってくる。

慌ててナースコールを押す。何とも情けない欲求に、麻痺という現実を受け入れる間もない。

ツカツカと足音が近づき看護師が現れる。

「どうしました？」

予想もしなかった若い看護師の登場に狼狽する。何て言えばいいのだ。

60を越えたオッサンが、目の前の自分の娘より若い看護師に、

「オシッコ……」消え入りそうな声である。

「あっ、お小水ネ」と看護師、身を翻し、すぐにシビンを手に現れ、差し出す。

「……？」どうしたらよいか分からない。

すると、毛布を捲《めく》り、パジャマのズボンを下げ、下着も下げる。

そして、それを股間に当てがい、イチモツをポロリとシビンに、

「どうぞ」という目でこちらを見る。

……出ない！　あれほど尿意が迫っていたのに。

そんなに見られていては出る訳がない。

察したのか、私の右手を取り、シビンを押さえさせ、

「終わったら、ナースコールしてネ」と立ち去った。


どうしたらいいのだ、左手は麻痺している。

右手はシビン、どうやってナースコールのボタンを押す？

事が終わり、股間のシビンを腿で挟むようにし、右手でナースコールを押す。

来た、しかしバランスが悪くシビンから零《こぼ》れる。

看護師は冷静に状況を見て、もう一人介助を呼び、手際良く私の体を左右に転がしながらシーツを取り替える。

パジャマが脱がされ温水で洗浄までされ、着替えのパジャマを着せられる。

そして、穿かされたのは紙オムツ。

排泄という行為がこんなにも大変なことだとは思いもしなかった。

こんなにも困難で、こんなにも恥じ入りながら面倒を掛けなければならないなんて、麻痺で身体が自由に動かせないという現実を思い知らされた。

何ひとつ自分で出来ないのだった。

シビンにしろ、オムツにしろ、そういうものがあることを知ってはいても、まさか自分が使うことになるなんて夢にも思っていなかった。

恥ずかしいよりも情けなく、それよりもそんな自分が口惜しく、そして悔しかった。

左手足が麻痺したことは現実に起きたことと理解しているのだが、実際には左手足麻痺という事実をなかなか飲み込むことが出来なかった。

二日ほど経った午後、ナースコールで尿意を訴えた。

オムツは翌朝には外されていた。

しかし、たとえオムツをしていても、そこに排尿するなんて事は、私には耐え難いことだった。

オムツを着け、オシッコはオムツにしなさい、と指示されても、それは私にとって『漏らす』ことに他ならなかった。それは私にとって、身悶《みもだ》えするほどの屈辱、断じて許せないことだった。

私には、排泄という行為、この切ない欲求に対して、幼い頃から大きなトラウマがあった。

小学生の頃、学校のトイレは男女に分かれていなくて、男児が個室を利用することは禁忌のように思われていた。そんな風潮の中で、私は万事休して着衣を汚してしまったのだった。どう振舞えばいいのかも分からず、身を捩《よじ》るような羞恥の中、泣き顔で呆然と立ち尽くす私を見た担任教師は、クラスの皆の目に触れないように私を早退させてくれたのだった。この時、これがクラスの皆に知られていたら、その後の私の人生を左右し兼ねない事件となっていただろう。思い出したくもない遠い記憶の蓋《ふた》がこじ開けられた。

オムツに排尿するということは幼い時の事件と同様に私には、『漏らす』、ということに他ならなかった。忌まわしい記憶が甦《よみがえ》った。

そんなことは、到底容認出来ないことであり、どうしても我慢ならない、考えられないことだった。

屈辱以外の何物でもなかったのだった。

この時、私の病気はまだそこまで逼迫《ひっぱく》していなかったし、まだそこまで他人《ひと》の手を煩わせるわけにはいかなかった。

日中は介助により車椅子でトイレへ、夜勤帯は尿器が用意されていた。

この時も看護師の介助を受けながら車椅子でトイレに向かった。

便座に座るのを確認すると、看護師は「済んだらナースコールをお願いね」と立ち去った。

用事を済ませ下着とパジャマを上げるため腰を上げようとした時、私は便座から滑り落ちてしまった。

大した事はない、立ち上がろうとしたが、麻痺した体は思いのほか重く立ち上がれない。

体重が上手く足にのらないのだった。

ナースコールを、と思ったが嗜《たしな》みに下着ぐらいちゃんと穿かなければ。

恥の上塗りは避けなければいけない。脳梗塞で麻痺しているくせに、拘《こだわ》りだけは強かった。

簡単だと思ったが、予想外に体は重かった。また予想外に自由が利かない。思うように動けない。

手間取ったが、何とか下着を穿いた。だが、やはりどうしても立てない。

麻痺した体は、ただの物その物の重さになってしまうのだった。

ナースコールの位置も遠くなってしまった。

焦りながら、もがきながら何とかナースコールを押した。


トイレには患者が倒れている。大騒ぎになってしまった。

「ただ滑って便座から落ちただけだ」と言っても、

「動いちゃ駄目！」と看護師、介護福祉士数人で車椅子に乗せられベッドに運ばれた。

血圧や脈を採《と》られてから聞かれた。

「便座脇の安全バーは自分で上げたの？」

?!　その質問にハッとした。これはこの返事次第で大変なことになるぞ。

この時、トイレまで介助してくれた看護師は安全バーを下ろさなかった。

しかし、そう言ってしまうと、面倒なことになるのは明らかだった。

私自身、簡単に立ち上がろうとして転んだのは事実だし、本来、立ち上がる前にナースコールを押すのが規則なのも知っていた。

面倒なので、「バーが下りてなかったのか、自分で上げたのか覚えていない」

「介助が誰だったかなんて分からない」曖昧《あいまい》に答えた。

騒ぎはこんな形で終わったが、私にとっては転ぶなんて受け入れ難い事だった。

脳梗塞になってしまった事は理解している。

左半身が麻痺したという事実も十分理解している。

しかし、頭では理解しても、体が受け入れるには、まだまだ時間が必要なのかもしれなかった。

知ってはいても体は一連の流れで実に自然に、動いてしまうのだった。

体と麻痺はまだ一体化していなかった。

私の内は、麻痺なんて何でもない、まだまだ大丈夫という気持ちが支配していた。

分かってはいても受け入れ難かった。事もなく出来ていたことが出来なくなり、何でもないことが、周囲を心配させ、注意され指摘されることが何とも腹立たしく納得がいかなかった。

脳梗塞を患った身体でも健常者のままの動作が出てしまうのだった。

発症してまだ一週間にも満たない頃だった。

年寄りの運転免許返納が進まないのは、こんな事が大きな原因なのでは、と思った。

年齢を重ね、老いを感じつつ、いつかは運転免許を返納しなければと理解していても、自分がいつ返納しなければいけない領域に立ち入ったかなんて分からないし、理解したくないのだろう。

周囲がどうであろうと、自分は違う、ひとは誰でも自分だけは大丈夫と思いたいのだ。麻痺のように明確な事実を突きつけられても、今までの日常動作に体は勝手に動けるものと反応してしまうのだから、とても難しい判断だと思う。そしてブレーキとアクセルを踏み間違える。

みんなそうだ。引き際なんて分からない。他人《ひと》には、ヨボヨボのジジイに見えているのに、自分ではシャッキリと歩いていると思っているのだもの。

ひとは実に傲慢《ごうまん》な生き物である。常に自分は大丈夫と思っているのだから。

つまり私自身は障害者（註）の領域に立ち入ったことを理解していても、これまでに日常動作の中で埋め込まれた反射的な動作は、それを意識して修正しない限り、新しい動作として理解浸透しないのだった。

従来出来ていたことは従来通り自然の流れで体が動いてしまう、そして事故となる。

お年寄りも同様である。年を取り、家の中で畳の縁《へり》、敷居《しきい》の段差などで躓《つまず》いたり、散歩に出るのが億劫《おっくう》になったりしたら、そろそろ運転から引き際が来たと理解すべきなのであろう。

でも、そうは思わない、自分は違う。まだまだ運転出来る。そう思い続けるのだろう。

数日後、点滴が外れて直ぐ、私はベッドの柵に掴《つか》まり屈伸《くっしん》をしようと試みた。痛烈に転倒した。

まだまだ理解などしていなかった。

巡回の看護師に見つからないうちに、這《は》いつくばってベッドに急いで戻った。誰にも言えなかった。黙っているより他になかった。

ただ、脳幹梗塞の悪化は、これに留まらなかった……。

2 兆候

兆候？　それは山ほどあった。

しかし、それは脳梗塞になって初めて、あれがそうだったのか、と思うもので発症前、そんな事は気にも留めなかった。

それほど私は健康に無頓着《むとんちゃく》であったし、無防備でもあった。


そもそも私は、脳梗塞の遠因となった糖尿病で、入院指導を過去に受けたことがあった。

むしろ、その経験が油断を招いたのだった。


もともと私は幼い頃から、酒を美味そうに飲む父親を見て羨ましく思って育った。

当然、大人になったら自分も飲んでやろうと思っていた。

実際それを飲んでみると、とても美味しくとても楽しかった。

やがて、私の周りには呑兵衛《のんべえ》が集まり毎日のように、よく呑《の》んだ。

私はそこで、酒を飲みたいだけ飲み、旨《うま》い肴《さかな》を見つけては、また飲んだ。

それが不摂生などと考えもせずに。

健康診断で再検査を促《うなが》されても、他人《ひと》はどうあれ、船が沈もうが、飛行機が落ちようが自分だけは絶対大丈夫、というような全く根拠のない得体のしれない自信を盾《たて》に二十数年。

そして40半ば、１９９９年6月、こんな事があった。

朝起きると体中の体液という体液が、澱《よど》んでしまっている。どうしようもなく重く怠《だる》い浮《む》腫《く》みが身体を覆《おお》った。

初めての感覚、症状だった。体温計を挟んで見たが、熱があるわけでもなかった。

しかし、自分だけは大丈夫と思い続けてきた私でも異常であることは、自覚出来る事だった。


この日、私は仕事を休み病院に行くことにした。

私は、満足な説明もせず、したり顔で決めつけてくる医者という存在が支配する、病院という場所が大嫌いだったが、こうなると頼らざるを得なかった。

病院の受付で何科を受診すべきか尋ねると、取り敢えず内科に回された。総合病院というのは初めて受診する者にとって、何をするにしても分かりにくい場所だった。

どこか体調が悪くて病院を訪れた人の不安を、一層増幅するように誘導している。内科の待合室は、受診を待つ患者が入り切れず廊下にまで並んでいた。廊下の隅の椅子に腰かけ売店で買った新聞も読み終わる頃、順番が来て診察室に通された。

私は今朝からの自覚症状を医師に伝えた。

すぐに、尿検査、血液検査を看護師に指示し、採血、採尿が行われ待合室で待つように、指示された。

再び名前が呼ばれ診察室に入ると、医師にこう告げられた。

「尿蛋白が出ていますね。血糖値、HbA1cも異常に高いです。入院しましょう」

「えっ、入院！　いつですか？」

「今日、今から入院しましょう」

「先生、そんなの無理です。仕事だってあるし！」

「仕事と命、どちらが大切ですか、明日になれば今空いているベッドも埋まってしまいますよ」

出た、医者の決まり文句！　「……！」

「それとご家族を呼んでください。奥さんは、来られますか？」

「すぐに来ることが出来ますか？」

「そんなに悪いのですか？」

「説明はご一緒にしますから、同席出来るといいのですが」

私は医師のこんな態度が胡散臭《うさんくさ》く大嫌いなのだった。

『いいから私の言う通りにしろ！』という患者を支配下に置こうとする傲慢《ごうまん》な姿勢が嫌いだった。

そんな会話の後、妻が来るまでの間、エコー、レントゲンなどの検査を受け、何故、と訝《いぶか》しく思いながらも眼科も受診した。

妻が来たところで、二人一緒に診察室に入り説明を聞いた。

医師は「かなり重い糖尿病です」と言った。

続けて「末梢神経の麻痺も見られます。このまま放っておくと、手足の壊疽《えそ》や失明が心配されます」

また、こうも言った。

「今回の入院治療は、血糖値の改善と生活習慣の改善が目的となります」

「奥様には、食事療法やカロリー計算などの栄養指導と研修ビデオを旦那さんと一緒に見ていただきます」

「研修の予定表を渡しますから、よく見て役立てて下さい」

「ご自分の体なのですからね」否やを挟む余地はなかった。

こうして始まったこの入院生活に医師は、

「1日の摂取カロリーは1600kcal以内。病院で出す食事以外は一切食べてはいけません」

「毎日病院周辺を、2キロ程度のウォーキング。外出許可は何枚でも出します」

「毎日2リットルは水分を摂ること。但し、お茶とか水、ノンカロリーの飲料」と言った。

私は妻と、食事制限やカロリー計算の事、壊疽《えそ》、眼底出血《がんていしゅっけつ》(註)などのビデオを見て研修を受けた。

治療は血糖値のコントロールが主だった。

血糖降下剤の服薬、慎重に毎回血糖値を計測しながらであった。

低血糖についての説明、指導もあった。

私は、医師の指導を苦々しく思いながらも、1日でも早く仕事に復帰しなくては、という思いが強かったので真面目に指導に取り組んだ。

散歩は、始め1キロも歩かないうちに息が上がり苦しかったのが、10日も続けると往復3キロほどの公園までの距離もさほど苦しくなく歩けるようになった。

雨の日は、病院の階段やロビーを何回もグルグルと朝晩歩いた。

それぐらい歩くと1日2リットルの水もそれほど無理なく飲めた。

2週間後の退院時には体重が5キロ減り、血糖値も正常値に近づき血糖降下剤の量も僅《わず》かになった。


退院後も水分摂取、ウォーキングは怠《おこた》らなかった。

もちろん、毎食のカロリー制限もきちんと守った。

嫌いな病院にも2週間おきに通った。

10月には体重は更に13キロ減り、血糖降下剤の服用もなくなっていた。

この間、夕食後のウォーキングの途中、突然歩調が乱れフラフラとなり、冷や汗が噴出《ふきだ》し、夕食を食べてそんなに経《た》たないのに、猛烈な空腹に襲われたことがあった。

典型的な低血糖の症状だった。この日を境に血糖降下剤の服用がなくなったのだった。

しかし、この10月に行った検査で眼底出血が見つかった。


今度はレーザー治療が始まった。

治療は、眼底の出血箇所をレーザーで焼くもので週1回の治療を1カ月に4回。

両方の目で、およそ2カ月かかった。


レーザー照射は眼球をボルトのようなもので固定し、顎《あご》を台の上にのせ、レーザーガンの前に座って両手で顔の脇のバーを握り、頭はベルトで固定された状態で行われた。

視界には真っ白な背景の中心に赤い点がポツンと見えるだけ。

その赤い点からレーザーが照射される。

シューティングゲームだと弾は顔の左右に抜けて行くのだが、これは命中する。

赤い点が飛んできて当たった瞬間〝ズン〟と重い衝撃に押されるような感覚が起きる。

〝カチッ、カチッ〟っと軽い音が放たれる。

1回の治療で100~200繰り返し照射される。

照射が終わると、バーを握っていた手はじっとり汗ばみ、体全体が重りを付けたように重かった。

いずれにしろ手術は無事に終わったが、明るいところから暗いところ、暗いところから明るいところへ急に移動すると焦点が合うまでに数秒かかるようになった。

車でトンネルに入る時、トンネルから出る瞬間などがそうだった。

この糖尿病での教育的入院までの経緯《いきさつ》で、私が感じた前兆らしきものは体の怠さ、喉の渇き、頻尿、尿の泡立ち、こむら返りなどで末梢神経の麻痺などは実感として感じていなかった。

それが、10月頃になると足先にピリピリとした痺《しび》れを感じるようになった。

正座をして正座を解いた後に起きるあの痺れと似たようなものである。

足の指先から線香花火の火花が絶えず出ている感じがした。

どうやら麻痺というやつは進行している時には静かに進み、回復過程で騒ぎ立てるもののようだ。

神経麻痺は自覚のないまま進行し、治る過程、神経の回復時に痛みを発するものだった。

さて、こうして体調を戻した私は、数年間、規則正しく日常を過ごしていたが、仕事で異動があったりして忙しくなると通院も疎《おろそ》かになってしまった。

出張なども加わり、生活も乱れがちになっていった。

しかも出張先は、どこも旨い酒と旨い食べ物が溢《あふ》れていた。

次第に病院からも遠ざかり、気にはなったが、数カ月に一度しか病院に行かなくなった。医師には、その都度、生活習慣の改善を促された。私は、その都度、注意に従い運動量を増やすなどして体調を保つ努力をし、かつ、体調を保っていた。

しかしその事が『自分はいつでも体調を取り戻せる』『自分で体調コントロールぐらい出来る』という傲慢《ごうまん》で過剰な自信となり、病院からどんどん遠ざかる原因となった。

そんな訳で私は、脳梗塞の発症へと、突き進んで行った。


妻は、そんな私を見て、『健康診断を受けるように』と再三うるさく言った。

私は私で『健康診断なんて受けるから病気と言われる』『行かなければ病気だなんて誰にも言われないよ』などと嘯《うそぶ》いていた。

だから妻は、私が頬を脱落させて帰った時、すぐに受話器を手に取ったのだろう。


こんな根拠のない過信があっての脳梗塞の発症だが、兆候は、後の祭りだがたくさんあった。

救急車で運ばれる前、数カ月の間の顕著な兆候だけでも幾つもあった。

通勤途中、電車で長く座って立ち上がろうとする時、手摺《てす》りなどに掴《つか》まらないと立てない。

電車を降りてすぐ大きく足を踏み出せない（歩幅が小さくヨチヨチ歩きになる）。

エスカレーターを降りる時スムーズに足が出ない。

歩幅が小さく、歩行速度が遅くなる。

仕事中、突然急激な睡魔に襲われ〝ガクッ〟と頭が落ちる、それは居眠りのように〝トロトロ〟とした心地良い眠りへの誘《いざな》いとは違って、急激に〝ガァーン〟と襲って来るのだった。

「キクチ」という発音がスムーズに出来ない。

一度、躓《つまず》いて足を送れず、手も出せず、べったりと転び顔面を打ち病院で治療したこともあった。

腰の上げ下ろしが辛い。長く屈み続けることが難しい。

私の中で血糖値は高くなり、暴れている、そんな気がした。

しかし、この時の不安は、糖尿病による眼底出血や手足の壊疽《えそ》、末梢神経麻痺等への恐怖心であり、まさか脳梗塞の予兆などとは考えもしなかった。

私の教育研修での記憶に〝脳梗塞〟というキーワードはインプットされていなかった。

もちろん、自分自身、もういい加減に病院に行かなくてはまずい、と思ってはいた。

思ってはいたが、〝病院へ行くこと〟それは4月半ばと私は決めていた。

3月の決算が終わり、決算数字が纏《まと》まる4月半ば過ぎ、ゴールデンウイークの前、私に取ってはそれが最も都合が良い日程だった。

そうであれば、『入院』と言われて入院しても、すぐゴールデンウイークの祝日になだれ込み、仕事を休む日数も少なくて済む、だからそう考えていた。

実際にはその1カ月前に病院に運ばれてしまうのだが。

以前の教育的入院の経験から、病院を受診すれば、おそらく入院。

仕事への影響を考えれば、この時期しかないと思ったのだった。

そんな思い上がりが、受診時機を逃し、周囲により多くの迷惑を掛けてしまったのだった。

病気は待ってはくれなかった。

私の都合など考えてはくれなかった。

まさに、医者の決め台詞、
『命が大切なのですか？　仕事が大切なのですか？』
を裏付ける結果になってしまったのだった。

3　闘病

入院して1週間、２０１５年3月22日、日曜日の昼過ぎ。

看護師の押す車椅子に乗り病室のベッドへ戻ろうと部屋に入った時だった。

突然、〝バチーン〟という破裂音が聞こえたかと思うと、目の前の光が大きく弾けた。

その光は再び集まり、大きな塊となって私を目がけて襲ってきた。

凄まじい勢いで私を襲った光に、私は大きく仰け反り、車椅子の上の私の体はだらりと崩れた。


意識が遠ざかった。

水中を浮遊するような感覚の中に数時間とも数日間とも、長い時間を過ごしていたような気がした。

実際にはベッドに運ばれるまでの、ほんの数分の出来事だった。

ベッドの周りを看護師が取り囲み、目にライトを当て瞳孔を覗き込んでいた。

目を開いた瞬間、大量の光が押し寄せ、吐き気が胸一杯に膨らみ、頭一杯に広がった疼痛は頭蓋骨を突き破って破裂するのでは、と思うようにギシギシと頭を攻め続ける。

看護師が、「こっちを真っ直ぐに見て！」「左の瞳が左に跳《と》んでいる！」

複視《ふくし》（註）が起きた瞬間であった。

今まで出会ったこともない強い吐き気と、強烈な目眩から逃れようときつく目を閉じると、閉じた目の中の真っ白な空間に〝スーッ〟と引き込まれた。

見えて来た視界の奥には黒いモヤモヤしたものが漂っている。

頭の芯にあるその黒いモヤモヤこそ疼痛の元のようだ。

そのぼんやりとした疼痛のモヤモヤは次第にハッキリとした大きな黒い塊となり、ギシギシと頭の中で膨張しようとする。

大きく膨《ふく》れ上がった黒い塊に、頭蓋骨は悲鳴を上げた。

やがて腫《は》れ上がった頭は、大きな渦の中心となり体中に疼痛を蒔き散らす。

そこら中に蒔き散らされた疼痛は錯乱を助長する。

痛みに大声を上げると意識《いしき》は霧散し、やがて混濁《こんだく》の空間の底に辿り着く、底に這《は》い蹲《つくば》った私の首筋に虫が現れたのが見えた。

3センチほどの大きさ、黄緑色のバッタだった。

そのバッタは私の首筋（梵《ぼん》の窪《くぼ》）にいて私を見ている。

皮膚にしっかりと足を食い込ませ、強靭な顎《あご》を使って皮膚を食い破り私の体液を吸っている。

バッタは体液を吸うと同時に、毒液を首筋の食い破った箇所に吐き付けている。

その複眼は私という獲物を睨むように〝ジッ〟と見ながら、食い破った傷口を更に広げようとする。

ひとしきり体液を吸うと、咬み破った傷口に薄い膜を吹き付け、巣作りを始めた。

この虫が疼痛を生む混濁の支配者か！


喉の奥が乾いて引きつり、喉を引き裂くような大きな叫び声が出た。

瞬間、吐き気も目眩《めまい》もない、何もない居心地の良い空間に戻った。

さっきまで頭の中で暴れていた疼痛も、胸の奥の混濁のザワつきも消えた。


しかし、次の瞬間、またしても胸を襲う不快なザワつきが漂い始め、やがて胸を不快が覆い尽くし、混濁と不快が支配する空間に戻る。

混濁と不快の空間は、私を様々な悪意を持って、何度も何度も繰り返し襲い続けた。胸をザクザクと荒らし続ける意識混濁《いしきこんだく》の状態は、数日も続いた。

混濁の澱《おり》に包まれた空間は、痛くも苦しくもない、静寂に包まれた世界だった。何の抵抗も必要のない開放的な世界だった。

勿論、何かを我慢するとか耐えることなども必要なかった。とても気怠《けだる》い心地良い世界だった。気持ちに何の負担もなかった。うつらうつらと眠りと覚醒との間を行き来する内に、次第に穏やかで静かな世界に到達する。

細くなった呼吸など面倒臭く必要でもなくなる。

死とは、痛みも苦しみも伴わない、それが死とも思わない中で訪れるのかもしれない。

果たして複視《ふくし》だけがこの様な意識混濁《いしきこんだく》を引き起こしたのかどうか分からない。ただ私に取ってこの数日は、この後も続く入院生活の中で、最も辛く苦しい時間だった事は確かだった。

入院から8日目の3月23日月曜日、医師との約束の病状の説明が意識混濁《いしきこんだく》の中で行われた。

説明はベッド脇で妻と息子が聞いた。

私は後に妻から説明を聞かされた。


医師の説明は、次のような内容だったという。

「脳幹梗塞は麻痺や障害がどこに現れ、どこに影響を及ぼすのか予測がつかない」

「また、麻痺は徐々に広範囲に進行し1週間ほどは予断を許さない」

「特に脳幹梗塞は3人に1人、亡くなる病気である」

「今回発症した複視は、脳幹梗塞のひとつの症状で治すには患者自身の慣れしかない」

「なるべく早くリハビリを始める事を勧める。早ければ早いほど麻痺の回復が早くなる」

「落ち着いたらすぐにでも回復期病院（註）への転院を勧める」

「相談員を寄越すので詳細について何でも聞いて欲しい」

以上のような事だった。


この時、妻は、せめて車椅子で生活出来るくらいにはなって欲しい、と思ったそうだ。

そして、最悪の場合、喪主は息子と決めたそうだ。

後に、より重篤な症状に陥ったりもするのだが、妻はこの時が最も危機的で最悪も覚悟せざるを得なかったと言うのだった。

混濁は3日ほど続いた。

飲まず食わずの3日間であった。繋がれた点滴だけが私を生かし続けた。

私はベッドの上で、混濁の中の私自身を覗き込む私自身と、覗き込む私を見ている自分が、共存してそこにいる姿を見ていた。不思議な光景が記憶を支配した。

さて、ようやく意識混濁《いしきこんだく》を抜け出たものの、複視による嘔吐感《おうとかん》や疼痛《とうつう》はなかなか去る気配がなかった。

とにかく目を開けていると空間が回り出すのだった。

この症状について、医師から何の説明も治療もなされなかった。

辛さを訴える私に医師の答えは「慣れる」と「そのうち治る」と言い放つだけだった。

左目を閉じると景色が一つとなり、揺らめきが治まることに思い立ち、左目を眼帯で塞ぐと、一気に楽になった。

揺らめいていた空間は穏やかに動きを止め、朦朧《もうろう》としていた頭の霧は晴れ間の中に消えつつあった。

吐き気や疼痛は遠ざかり、胸苦《むなくる》しさは半減した。

この頃から、妻と息子は紹介を受けたリハビリ病院の見学を始めていた。

病院を三カ所ほど回って、目星をつけた病院の説明を聞いたが、私はリハビリの知識もないので二人に任せた。

妻と息子が決めたのはK病院、リハビリを年中無休365日、1日3時間やる病院だという。

3月末、S病院から紹介状を出してもらいK病院に申し込んだ。

転院はK病院のベッドが空くまで待つ必要があった。

眼帯を付けて、吐き気や疼痛がだいぶ穏やかになった私は回復期病院に移るまでの間、S病院で初めてリハビリテーションを経験することになった。

リハビリは、理学療法士(註)、作業療法士(註)、言語聴覚療法士(註)がそれぞれ週3～4回、1回に付き20分程度の施術を繰り返し行うものだった。

混濁を抜け出たばかりの私を理学療法士は、リハビリテーション室に誘導した。

ほとんど寝たきりだった私は、自身の体力の衰えに驚いた。抱《だ》き抱《かか》えられて車椅子に乗せてもらったが、麻痺などないはずの右足にも全然力が入らないのだった。

車椅子に療法士の介助で乗り、動き出すとすぐ車酔いの症状が湧き上がり、嘔吐が襲って来た。

しかし、療法士は慣れるためと強引にリハビリテーション室まで往復した。

この日は嘔吐感がそのまま去らず、それ以上は何も出来なかった。

別の日、平行棒に両手で掴まりながら往復する歩行練習をした。

こんな簡単なこと、と左右の棒を掴んで車椅子から立ち上がろうとするが腰が上がらない。

理学療法士の介助で立ち上がり歩くが、左右の手摺りをしっかり力を込めて握らないと歩行が保てない。足下を見て足が思うように前に出ていないことに気付き愕然とする。自らの麻痺が意外にも『簡単なものじゃない！　大変なことになっている！』とここで初めて認識させられた。

作業療法士は、左腕の痙縮《けいしゅく》を緩和《かんわ》し、腕が柔らかに動くように腕や指の曲げ伸ばしを繰り返し行った。積み木遊びのようなこと、新聞を折りたたんだりグチャグチャに丸めたりすることなどもやった。

ここでも腕や手、指を真っ直ぐに伸ばそうとしても全然伸びないことに自身驚くのだった。

言語聴覚療法士のリハビリは、専《もっぱ》ら口籠《くちご》もり、はっきりしない発音を、矯正《きょうせい》することだった。

世間話などを交えながら、私が興味を持ちそうな分野の本などを抜粋し、口を大きく開き、大きな声で読む事を繰り返し行った。

最も心配だった活舌が意外にも一番損傷が軽かったように思えた。

こんなことで〝リハビリテーション〟のイメージと自分の麻痺に対する認識は、何となく理解出来たが、これが専門の病院のリハビリテーションとなると全くイメージなど湧かなかった。

まして、1年365日休みなく、1日3時間もやるリハビリテーションなんて、部活の合宿じゃあるまいし、想像など全然出来なかった。

K病院から入院案内が届いたのは、4月半ばだった。

転院日は4月20日、月曜日に決まった。

150以上あるという病床が、いっぱいでなかなか空かない、という。

結構こういう病気を患うひとの多いことに驚く。

急性期を抜け出てリハビリが始まった頃、私の病室はナースステーションから離れた部屋に移った。

穏やかなある日、今までに見たこともないような笑顔で妻が面会に訪れた。

眼帯の効果もあり、吐き気や疼痛からも解放されベッドに腰かけていた私を、にこやかな笑顔で見下ろす。まるで看護師のように。

『一体どうした？』『何があった？』得体の知れない不安が私を襲う。

背徳の過去を思い出す！

苦笑を浮かべた顔を、首を傾《かし》げながら妻に向ける。一体、何を言い出すのだ。

妻の口が開いた。「意外と持っているのね」

「……ウッ？」「アッ!!」

急速に緊張が解《ほど》けた。

ヘソクリが見つかったのか？

「鍵はどうした？」

「開いていたわよ。鍵が付いたままで、ぶら下がっていたわ」

しまった！　救急車で病院に運ばれる前、途方に暮れ、所在なく開けた机の引き出し、鍵を差し込んだままだったのか。

渾然一体とした頼りない記憶に苦笑いするより他なかった。

4　リハビリテーション

２０１５年４月20日月曜日、Ｓ病院から介護タクシーで回復期病院Ｋに向かう。

３６５日、年中無休、リハビリテーション病院って、どんな病院だろう？

〝リハビリテーション〟って、どんなことをするのだろう？

この麻痺は、どうなるのだろう？　元に戻るのだろうか？

思ったより全然自由にならない自分の身体は、どれくらい回復するのだろうか？

知らない事だらけでリハビリに対する不安は大きく、心配事も多かった。


入院手続きは、予《あらかじ》め指定された10時半、Ｋ病院の入院受付に紹介状を渡し、済ませた。

看護師の案内で、ＣＴ検査などを済ませ、病室に案内された。

そこで病室や病棟について利用説明などを聴いた。

Ｓ病院からは、当然、申し送り事項があったのだろう。

車椅子の乗降時、トイレ利用時は必ずナースコールをすること、と注意を受けた。

リハビリについては、

理学療法士（PT：Physical Therapist）(註)、

作業療法士（OT：Occupational Therapist）(註)、

言語聴覚療法士（ST：Speech Therapist）(註)、

それぞれの担当療法士が後で病室に来てくれるとの事だった。

病室で入院案内などを読んでいると、ほどなくして、最初のリハビリ担当者が現れた。

担当者は、ネームプレートを示しながらST（言語聴覚療法）担当であると自己紹介した。

発病の経緯や、仕事の内容のことなど話しながら、

「いくつか簡単な質問をしますから答えてくださいね、いいですか」

「今日は何月、何日、何曜日ですか？」

「ここはどこですか？」

「今から3ツの言葉を言います。後からその言葉を尋ねますから、覚えておいて下さいね」

「100引く7はいくつですか？　そこからまた7を引くと？」

質問は次々と繰り出される。

答えながら、これって〝長谷川式(註)〟！

母親を連れて〝もの忘れ外来〟に行った時、聞いた質問だ。

短期記憶、思考の確認。これからリハビリをどう進めるか。

脳梗塞による記憶障害の程度の確認だろう。

他にも知能テストのような質問、問題がたくさん続いた。


ＰＴ（理学療法）の担当者も午後になると現れ、同様に挨拶を交わした。

その後、車椅子に乗せられＰＴのリハビリ室に行く。施術台に横になる。

担当も施術台に上り、足首、ふくらはぎ、膝、太腿の順に、左足麻痺を確認するように触診する。

治療の手に徐々に力が加わる。

刺激はマッサージのような、揉み解《ほぐ》しとは違っていた。

麻痺に覆われて感覚の鈍った左足の芯に、直接刺激を送るような感じだ。

無機質で無感覚な存在だった左足に、血が巡り始め体温を感じるような気がした。

刺激がとても気持ち良い。

「さあ、起きましょうか」

突然声を掛けられ、壁にある時計を見ると所定の時間になるところだった。

心地良さに少々寝てしまったようである。

慌てて車椅子に乗せてもらい、部屋に戻った。

急性期を過ごしたS病院のリハビリとは異なり、直接身体に働きかけるとは思いもよらなかった。

平行棒を行ったり来たりとか、足を上げたり下ろしたりをイメージしていた私は意外な感じがした。


病室のベッドで寝ていると、OT（作業療法）担当者が部屋に来た。

OTのリハビリは病室で行った。

私をベッドに仰向けに寝かせて、ベッド脇に腰かけて触診を始める。

肩から腕、手首や指、促されて曲げたり伸ばしたり、力を入れたり、抜いたりを繰り返す。

胸、肋骨《ろっこつ》の辺《あた》りを、骨が軋《きし》むほど強く圧される。

うつ伏せになり、今度は肩甲骨辺りにも強く痛いほど刺激を加えてくる。

これも麻痺の度合いを確かめるためだろうか。

歪《ゆが》みでも治しているのか、整体みたいだ。

結構痛みを伴うものだったが後に爽快感が残る。でも治療中のこの痛み、嫌うひとも多いだろう。

治療を受けてみると、筋力が低下していることや運動領域が狭まっていることに気付かされる。

治療が終わって、腕の痙縮《けいしゅく》が少し治まり柔らかになったような気がした。

しかし、戻ったような気がした体温も、柔らかくなったような気がした腕も1時間もすると、その感覚は元に戻った。

病院の案内通りリハビリは、土曜も日曜も休みなく毎日続いた。

1単位20分、1日9単位3時間のリハビリは、ST2単位、PTはOTが3単位の時は4単位、OTが4単位の時は3単位が割り付けられた。

一通りリハビリを受けて、自分なりの目標を定めた。

目標は、仕事への復帰。仕事は経営企画、凡《おおよ》そ1日8時間のデスクワークが主。

背広にネクタイを締め、毎日片道1時間30分、往復3時間の通勤が出来ること。

受話器を耳元で保持し、口籠《くちご》もらず明瞭に「キクチ」と言えるようになること。

目標は3人の担当者にも話し、共有した。

ベッドから車椅子への移動も、車椅子からベッドへの移動も、毎回ナースコールをしなければならないのは、分かっていても、とても煩《わずら》わしく、面倒な事だった。

毎日続くリハビリに、なかなか目に見えるような成果を感じられず、少々苛立ちを感じ始めた頃、会社の仲間が面会に来てくれた。

彼らは車椅子の私を病棟から連れ出し、1階の受付近くの待合室まで行くと、鞄から何か取り出した。

そして、「菊池さん、いいもの持ってきました、キンキンに冷えていますからグッとやって下さい！」

「僕ら、壁になって隠しますから大丈夫です！」

私の好きな銘柄のビールを差し出す。

「馬鹿野郎！　俺が何で入院したのか分かってんのか！」

「まあ、いいじゃないですか。ツマミも用意して来ましたよ！」

笑うしかなかった。彼らの精一杯の励ましだった。

リハビリは毎日続いた。

力が強く加わるごとに、左足の皮膚感覚を阻害していたあの乾いた泥に亀裂が入り、ひび割れていくような感覚を覚える。

カサカサで触っても体温を感じなかった左足に体温が戻ったような気がしてくる。

しかし、施術が終わってどれほどの時間も経たない内に、体温は消え、皮膚感覚は元に戻る。

同じように、毎日リハビリは繰り返される。

続けていると、左足の泥の表面にビリビリと細い亀裂が縦に何本も入り、麻痺して無反応だった幾筋もの神経組織がつま先に向かって反応した。

確かに反応した。手応えを感じる。翌日も繰り返す。

何百、何千もの麻痺した神経組織が療法士の施術によって反応する。

しかし、一晩寝て翌日になると、静かになる。

でも、気がついた。

一度活性化した神経組織の何本かは、寝ている間に少しずつ効果を覚えて、それが定着する。

リハビリは、意外に疲労が大きく、寝ることは重要なことであり、回復には必要なことだった。

そして、その寝ている間に効果は少しずつ定着した。

施術の効果は、嬉しさと落胆が交差する中、あちこちで起った。

腕の収縮、すぐそこにある物に手が伸びない。

掴もうとして掴めない。

手を伸ばそうとして伸びても、今度は掴めない。

手が重く腕を保持しようとして手が落ちてしまう。

腕が下がってしまい上がらない。

そこにあるものがどうしても取れない。もどかしい。イライラする。結局叶わず諦める。

そんなことの繰り返しである。

徐々に、ひとつひとつの手の動きが、腕の重さが、肩の力が、連続した部分部分の動きが少しずつ繋がり、やっとそこにあるものに手が届く。

しかし、もう一度、と思うと続かない。

掴めない、指先がいうことをきかない。

力が入らない。指先、手指のリハビリに集中する。

何とももどかしい。手が返らない、何日か、どのくらい何を施したか、やがて掴む。

今度はそれを引き寄せられない。

ひとつが出来ても、その先に困難が立ち塞がる。

物事がこんなこととは理解しつつも、目指すところの遠さに切なさを感じる。

ある日、目覚めて、昨日まで出来なかった事が、何気ない動きの中で、突然出来て驚く。ひとつひとつの小さな動きの集まりが意味を持って、身体に定着したようだ。少しずつ、少しずつしか成果らしい実感が得られない。

しかしそんな事を言っても、薄かった法令線が、ST担当の辛抱強い毎日の施術によって、ハッキリと顔に復活し、話すたび左端から漏れていた空気が漏れなくなっていた。左足の表面を覆ってひび割れても崩れ落ちなかった泥壁が、いつの間にか砕け落ち、皮膚の表面感覚は、少し厚い皮革程度にまで戻っていた。

発症から二カ月、リハビリを開始してひと月近く経った5月15日、車椅子の乗り降り、トイレの利用が見守りなし、「もう一人で大丈夫」と許可された。

翌々日の17日には、トイレの夜間利用も許可された。

ナースコールを押さなくても車椅子に乗りトイレを利用出来るようになったのだ。初めての成果らしい成果だった。

この頃には、手放せなかった眼帯も必要がなくなっていた。複視に身体が順応したのだった。

繰り返しリハビリを続けていると、何気ない日常の動作が、複雑な繋がりを持って動くのが理解でき、納得出来るような気がしてきた。

しかし、納得は出来るが、簡単に動くだろうと思っていた、この麻痺は結構面倒なのでは、と不安が募《つの》る。

これには、納得出来ない。

複視から生れたあの虫が奪った腕力や脚力、持久力の不足を何とかしなければ。


立てない、歩くことなどもちろん出来ない！

立とうとすれば、腰から崩れ落ちる。

いくらリハビリを繰り返しても腰に力が入らないのだった。

失うのには1週間もかからなかったのに、回復には何カ月、何年かかるのだろう。

麻痺ばかりか腕力や脚力、持久力まで奪った脳梗塞、私の身体は元に戻るのだろうか。

リハビリを続ければ続けるほどに不安は増した。


麻痺を上回る腕力、脚力が欲しい。

と言ってもこんなに体力のない身体に腕力、脚力を付けるにはどうすればいいのだろう？

自分自身の努力しかないのは分かるのだが。

五体満足であれば、腕立て伏せだって、屈伸やスクワットだって独りでも出来るのに、どうすれば。

そうだ、ＰＴ室にバイクがあった。

このころになると1日3時間のリハビリの合間を持て余していた私は、担当療法士に、リハビリの空いている時間にバイク漕ぎが出来ないか聞いてみた。

彼はいやな顔もせず、時間外に30分程度バイク漕ぎを指導してくれた。

また、私の体力に合わせたベッドでの腹筋や柔軟の方法も教えてくれ、私が、もどかしく思っていた体力不足への不安の払拭《ふっしょく》に力を貸してくれた。


彼らは時間外にも、先輩や同僚まで巻き込んで治療に力を入れてくれた。


5月25日、車椅子で単独のエレベーター利用が許可され、1階のＰＴ室のバイクまで、担当者の送り迎えなしで、一人で行けるようになった。

これでリハビリの時間外でも、遠慮なく脚力強化が出来る。

5月28日、リハビリの歩行練習は歩行器を使って始まった。

歩行器は介助者が必要だったが、自分の脚で立ち、自らの足が身体の動きを支配した。

バランスと脚力をつけるための具体的な訓練に移行した。

私は身近な目標として、付き添いなし、単独で歩行器が使えるようになること、と決めた。

独りで使えるようになれば、リハビリ時間を待たなくともひとりで体力強化が出来るし、気持ちにも弾みが付き、リハビリが加速するだろう！


病院には患者の人数と同程度の療法士がいた。

中には私の担当療法士より、優れた療法士もたくさんいた。

しかし、私は、私の３人の担当療法士が誰よりも気に入っていた。

３人のチーム力は、総合力で他を上回っていたし、医療従事者としての熱意と誇りは一流だった。

それは、私のリハビリ意欲を押し上げてくれた。

最も肝心なのは、患者自身の意欲、私自身の回復への執着心だとは思うが！

5　入院患者達

病院の朝は早い。

夜勤の看護師と介護福祉士(註)が次々と介助の必要な患者を起こして歩く。

夜勤明けの看護師、介護福祉士は忙しい。

次々とトイレを急ぐ患者たちの介助は、少ない人数で大変な作業だ。

我先にトイレに車椅子で急ぎ、並ぶ姿はパレードにも見える。

今済んだばかりの患者がまたトイレ行列に並ぶ。

「大山さん、終わったばかりでしょ、また並ぶの？」

「少し我慢してみよう、ネッ」

ある者は病棟の外に出ようとする。

「中山さん、そっち危ないからこっちにいて！」

また、ある者は他の患者の部屋に入ろうとする。

「小山さん、そこ小山さんの部屋じゃないよ。小山さんの部屋はクマさんのお人形のところよ」

高次脳機能障害（註）や認知症を患う患者の部屋には、ぬいぐるみや大きな名札が目印に付いている部屋もある。

「朝ご飯まだ？　お腹すいたよ」

「上山さん、朝ご飯はまだね、こっちに座って待っていようか」

「お茶もらえないかね？」

「下山さん、お茶は少し待っててね、ご飯の時、みんなと一緒にね」

実に忙しく騒がしい。もちろん、静かに過ごす患者もいるが。

早番が加わり朝食が終わるまで、この騒ぎは続く。

それが終わると食堂はコミュニケーションエリアにと変わり茶飲み話が始まる。

誰かが孫自慢を始めると、負けずとこちらでも始まる。大抵話題は自分の自慢話。

孫がいないものは、子供の自慢、学歴自慢や仕事自慢、家族の自慢や知人の自慢まで。

それも尽きると今度は、家族への不満、自分の身の上話を繰り返し、周囲が聞いていようがいまいが、何度でも繰り返し話は続く。

もちろん、このような人ばかりではない、一部の人達ではある。

私が入院して、この集団を初めて見たとき、社会保険を貪《むさぼ》るゾンビ集団にしか見えなかった。

リハビリテーション病院に入院している、と認識出来ていない患者も2割程度はいるように思えた。

もちろんそんな人達にリハビリをしようなどという意志は見えない。いたずらに医療点数が積み上げられているように思えた。

こんな患者が最初から介護施設に入れれば、私のように回復期病院への入院待ちが少なくて済むのだろうに。

Y氏の不満

Y氏はそんな集団の一人だった。

70歳も後半のY氏の朝は早かった。

朝早くから話し相手を求め、車椅子で病棟をウロウロした。誰でもよかった。

そして、相手の都合など関係なく部屋から出て来たひとに、手当たり次第に話し始める。

今の自分がどんな境遇か、どんなに一生懸命に頑張って生きて来たのか。

苦労して大学を卒業したこと、懸命に働いたこと、子供もみんな大学まで出し、大きな家に建て替えたこと。

両親だって最後まで介護を続け、大切に看取ったことなどを。

「何から何まで、自分ひとりで家族みんなを養って来た。なのに、みんな誰も見舞いにも来ない」

「俺を家に連れて帰らない！　こんな施設に入れやがって！」

（Y氏は回復期病院の意味が理解出来てなかった。急性期病院（註）の後、息子によって介護施設に入られた、と思っていた）

「たまに来たかと思えば相続の話ばっかり、俺をいつ連れて帰るのだ」

だから、不満は大きかった。

それは家族だけに向けられるのではなく、看護師、療法士にも向けられた。

もちろん他の入院患者にも及んだ。

たまたま朝食前の食堂で捕まり、朝食に救われるまでY氏の話を聞く羽目になってしまったひと。

可哀想なのはリクライニング車椅子のひと。自走できないので逃れられない。

そんな人たちに食事とリハビリ以外の時間、わが身の不幸を訴え続けた。

結局、Y氏は入院期間満了をバルーンカテーテル（註）、オムツを着けたまま迎えた。

息子達は病院の相談員やケアマネージャーの意見を参考に介護施設を用意していた。

病院はさまざまな人間模様を私に見せてくれた。ここでしか見ることの出来ない、会社勤めの毎日では決して知ることの出来ない、ひとそれぞれの悩みや生活の矛盾を私に教えてくれた。

U女史の幸せ

U女史は入院生活を満喫していた。

退院をまもなくに控えた他人《ひと》が、

「退院したらまず、何喰おうかな。ここの飯は、とにかく不味《まず》かったからな」

そんな声が聞こえて来ると、U女史は、

「不味《まず》いなんて、自分で用意するわけでもないのに、きちんと三食用意してくれるなんて有難いわ」

「それに美味しいわよ。片づけだってしなくていいんですもの」

「看護婦さんだって、優しいし、良くしてくれるわよ」

「お風呂もちゃんと入れてくれるし、トイレだって危なくないように、付いてきてくれるわ」

「昼間は、若いお兄さんやお姉さんが、毎日優しくお話しして下さるのよ」

「とっても、いいところよ、ここは。私は、ここにずっといたいわ」

80歳を過ぎて、ずっと一人暮らしを続けて来たのか、

「ここに来てから、毎週、嫁が会いに来てくれるの。たまに孫とも会えるし、家に居るときには半年に一度ぐらいしか会えなかったのよ」

まるで快適な老人ホームの暮らしを楽しんでいるようだった。


こんな人達ばかりではない。H氏は真剣にリハビリに取り組んでいた。

H氏の焦燥

H氏は若かった。

私は食事の時、H氏の向かい側の席だったが一見、どこが悪いのか分からなかった。

健常者と同じように歩いたし、階段も不自由なく使えた。

しかし、リハビリは誰よりも一生懸命だった。

リハビリの時はもちろんのこと食事中でも、手に刺激を与え続けていた。

私はＨ氏に率直に尋ねた。彼は右手足が麻痺してしまったのだと言う。健常者にしか見えないが、と言うと、だから困っている、と言うのだった。急性期病院の医師も「麻痺がほとんど残らなくてラッキーだった」と言ったそうだった。彼は、その一見何でもないようにしか見えない、ほんの少しの麻痺が、大問題なのだという。

指先や掌に残る僅かな麻痺の違和感が、Ｈ氏の仕事には致命的なことなのだという。周囲から障害を持つようには見えないＨ氏は、腕の悪い職人か、さぼっているようにしか見えない、と嘆いた。

麻痺がもっと重ければ別の事を考える切っ掛けにもなるだろうが、ほんの少し残ったこの麻痺には未練を断ち切ることが出来ない悔しさが大きく圧し掛かる、と言うのだった。

掌に残った１㎜にも満たない、薄皮のような麻痺が、邪魔で仕事にならない、と嘆いた。Ｈ氏の仕事は、経験で身に付けた、微妙な指先や掌の感覚が命なのだという。その感覚こそ、製品の価値を生むのだという。

掌の表面にヤスリでもかければ、すぐにも感覚が取り戻せるような気がするのだが、と言った。

私などの仕事であれば、取り立てて気にすることもない違和感なのだろうが、Ｈ氏にはそれが致命的なのだった。

リハビリにかけるH氏の取り組みは、鬼気迫るものがあった。


一言に麻痺と言っても、ひとそれぞれ、受け入れ方は全然違って来るのだった。

M氏は笑い飛ばしたが、これからの生活が、なかなか見通せない様子だった。

M氏の嘆き

M氏は60代半ば、脳幹梗塞で、麻痺は見かけ私と同程度くらいであった。

彼は一人、賃貸マンションで独身の身軽さを楽しんでいた。

リタイヤしたら、一人暮らしの気楽さでのんびり暮らすつもりだった、と言った。

しかし、一転脳幹梗塞で、入院中の身の回りのこと一切を、兄家族に頼るほかなくなってしまった。

リハビリを開始してすぐには、退院後のことも兄弟で話し合わなければならなくなった、という。

病院の相談員やケアマネージャーにも相談したそうだ。

退院後は介護施設へ入所、周囲の結論はそれしかなかった。

今の住まいが賃貸では、手摺りなどバリアフリー化は難しかった。幸い定年後を楽しもうと、年金以外の貯えもあり、施設の入所に問題はなさそうだ。と言った。

大いに見込み違いだった、こんなはずじゃなかった、と笑った。

兄貴には、せめて金で迷惑をかけずに済んで良かったよ。

M氏はいつも私に発病前の楽しかったことを面白可笑しく話し、今度入ることになりそうな介護施設も満更でもないと、楽しそうに話したが、目は笑ってなかった。

リハビリも芳しくなく、力が入らないように見えた。

I氏は、自分自身に対する、やり場のない憤りを処理しきれずに、周囲にまき散らしていた。

I氏の憤怒《ふんぬ》

I氏は40代半ば、無職だという。

仕事に嫌気がさし、荒れた毎日を過ごしている時、脳出血（註）に襲われたという。

毎日、パチンコ三昧、酒浸りの生活だった、楽しかった、と周囲に笑いながら話した。

年金暮らしの母親と二人で暮らしているらしかった。

母親は、暑い日も雨が降っても、駅から2㎞の道を歩いて洗濯物を持ち、面会に通って来た。

そんな母親をI氏はいつも邪険《じゃけん》に扱い罵倒《ばとう》するのだった。彼は病院でも荒れていた。

歩けないことを理由に療法士に食って掛かった。

病室でも相部屋の患者とエアコンの設定温度などで絶えず揉めていた。

少しでも歩けるようになれば、すぐに退院すると息巻いた。

母親の諫《いさ》めなど聞くものではなかった。すぐ働くのだという。

退院後を考え、母親がケアマネージャーと来ると気に食わない、とソッポを向く。

介護保険でベッドをどうしようか、と母親が言っても、そんなものは必要ないと言っていた。

結局、I氏は入院日数をだいぶ残して退院していった。


入院患者それぞれには、それぞれの事情が、リハビリに強く影響していることが垣間《かいま》見えた。

長く入院していると、みんなが一律にリハビリに取り組んでいるわけではなかった。

リハビリに意欲的に取り組んでいるひと、病に陥ったことの不幸を引きずってリハビリに取り組む意欲を見出せないひと、リハビリの意味も分からず無為に過ごすひと、様々である。

私はリハビリを受けていて、何かが不足しているような気がしてならなかった。それが何なのか分かったような気がした。

これまでの人生を中断して、リハビリと闘っているひとには、臨床心理士《りんしょうしんりし》（註）などの心のケアもリハビリの一環として必要なのではと感じた。

私の場合

私は穏やかな入院生活を送っていた。

最初、すぐにでも復帰出来ると思ったのにもかかわらず、その後、遅れて襲った左手足の麻痺や複視によって長くなりそうな入院に、心穏やかではいられなかった。

しかし、複視の混濁を抜け出た私をすぐに見舞った会社の上司は、療養中の私の復帰を待つことを約束し、必要な事務手続きを同行した事務職から妻に伝えてくれた。

日常生活の不安は、高額療養費制度（註）や傷病手当金（註）などセーフティーネットに救われた。

入院してすぐの私は、周囲と感覚が違ってしまっていることに気付いていなかった。私が混濁の中を彷徨《さまよ》っている間に、今まで私と周囲が共有していた空間には歪みが生じていたのだった。

電話で仕事仲間だったひと達と話したりすると、何となく居心地の悪さを感じるのだった。

向こう側の雰囲気は明らかに違っていたし、中にはあからさまに「終わったな」と私に思わせるひと達もいた。寒々とした隙間風を感じた。

私は、このままこの社会からフェードアウトしてしまうのか、退院後、私が戻る場所はあるのだろうか、という不安に襲われた。

病院に隔離された私は、今までの空間に捉われることを止めた。

私は、働き始めたら1カ月を超えるような長い休みを取ることとなんて、リタイヤするまでないと思っていた。

それが、考えてもみなかった病に襲われ、思いもかけず、突然、休息を得た。

しかも高齢者と呼ばれる直前、言わば人生の踊り場とでもいうタイミングで、これまでの時間とこれからの時間を考えることが出来る、とても貴重な場所と時間を得た。

これが10年前だったら、明日のことを考えるだけで精一杯だったろうし、10年後だったら、『もう、どうでもいいや』と自棄的《じきてき》になったかもしれない。

私はこの踊り場で、今まで生きて来た時間を十分に反芻《はんすう》し、これから臨む時間に覚悟を持てたような気がした。

それは単なる休息ではなく、脳幹梗塞という病も含めて、私に意義深い経験をさせてくれた。

脳幹梗塞を避けて通ることが出来れば、それに越したことはなかったのだろうが、決して罹病したことが悪いことばかりではないと思えた。

そして、この事は、私に取って貴重な経験知となるだろうとも思った。

私はこの踊り場で、周囲を俯瞰して視る眼を養う時間を十分得られた。

6　スーパーサイヤ人

　6月に入りリハビリは加速し始めた。

　発症から4カ月、リハビリは歩行器を使って歩く練習が始まった。車椅子は歩くことの代用手段として重要だったが、漸《ようや》く具体的に歩くことが目標になった。

　最初、歩行器は、慎重に掴《つか》まらないと、車輪が先に滑り出し、立つことさえ怖くて躊《ちゅう》躇《ちょ》が先立《さきだ》った。

　しかし歩行器は、頭の位置が車椅子よりずっと高くなり、周囲の景色が全く違って見えた。

　歩き始めの姿は、へっぴり腰で、歩行器に掴まるというより、寄り掛かり、前のめりの前傾姿勢は危なっかしいものだった。

この時、私には、自分の体重を支えるだけの脚力が足りなかったのだ。

◆スーパーサイヤ人

そんな時期、PT担当から療法士の講習会に患者として出席の打診があった。興味深いものがあったので、二つ返事でOKした。

研修は6月18日から26日まで、PTの時間を使って実施された。担当PTはアシスタントにまわった。

研修生はみんな若かった。研修は中堅を目指す程度の内容に思えた。研修は私一人に研修生3人、前のめり気味の私の姿勢を、手分けして補正し綺麗な立位を取らせようとする。

3人とも汗だくなのにも構わず、夢中になって正しい姿勢を維持させようと必死である。講師から指導の声が飛ぶ。

3人は声を掛け合い、懸命に施術を施すが、私はバランスを保つのが精一杯で、交わす言葉の意味なんて分からなかった。

研修生達は、時間の経過も忘れ、懸命に治療に没頭している。

私が堪らず「休憩しよう」と言って、初めて時間の経過に気付くぐらいだった。


研修期間中、私の睡眠はいつもより深かったし、よく眠れた。


研修も終わりに差し掛かった頃、立位の姿勢を必死に保っていると、後ろから現れた講師が私の右手を取って、

「菊池さん、もう立てますよ」と唐突に言った。

そして、取った右手を肩の高さまでそっと持ち上げて離した。

動揺したが、姿勢は保たれている。誰の補助も支えもなく立っている。

講師が再び言った。

もう一度私の右手を軽く持ち上げながら3mぐらい先の担当PTを指し、

「さあ、あそこまで歩きましょう！」

と右手を誘《いざな》うように目標に向けて送り出した。

騙《だま》されたように3m先の目標に足は繰り出され、何事もなかったかのように担当PTの手を握っていた。

「ほら、出来た。こっちに戻ってみましょう」

不安気味に足を講師の方に向け、指示されるまま講師の手に掴《つか》まっていた。

周りから拍手が起きた。

私は何をやったのか、何が出来たのか、あまりピンと来なかった。

ただ、私は、私の手を引いた講師の肉体《からだ》が発する熱量に驚いていた。

その肉体《からだ》は明らかに熱を帯びていて、全身から熱を発散している。

まるで、漫画『ドラゴンボール』の〝スーパーサイヤ人(註)〟が全身から炎を発している画《え》そのものだ。

そんな例えしか、思い浮かばない。

初めてだった、漫画の表現を使うなら、『こんな気を吐く人間に出会うなんて！』初めてだった。

それは後ろから近づかれても分かるほどの圧倒的な熱量だった。

言い過ぎかもしれないが、野生のヒグマに抱《だ》き竦《すく》められたような感覚。

残念ながらヒグマに抱《だ》き竦《すく》められたことはないが――動物園の羆《ひぐま》の檻の前に立った時に

感じた、獣《けもの》の発散する強烈な怒気《どき》に気圧《けお》される感じ――それ以外でこんな経験はなかった。

身長183㎝の私よりずっと小柄な講師なのに……。

この講師に、何の治療も指導も受けたわけでもないのに……。

考えられることは丁度、私の肉体《からだ》の仕組みが、その程度に仕上がって来ていたのかもしれない。

また、歩くことに対する私の執着心と、研修生たちの熱意の琴線《きんせん》が一致したところを見逃さなかった講師の見極《みきわ》めが歩くことに繋《つな》がったのだろうと思った。

みんながみんな感じるかどうか分からないが、確かにこういう人間は存在するのだろう。

療法士も極めると、こんな領域に達する療法士もいるのか?!

そんな場面に遭遇し、直接体験出来ただけでも貴重な講習会だった。

講習会ではスーパーサイヤ人のお陰で、私も歩くことが出来るようになることは分かったが、日常的に歩くことが出来るには、まだまだ時間が必要だった。

◆歩行訓練

6月23日、歩行器で院内移動が自由になった。

まだヨタヨタと不安定な歩き方だったが、とにかく、歩くことに専念した。

病院は病棟同士が繋がって、1辺50mの〝ロ〟の字型、1周200mあった。

私は、朝起きてから寝るまで、1日30周を目標に毎日歩いた。

病院の就寝時間は夜9時、朝は4時半に起き、1階に降りて5周、休憩を入れて6時からもう5周、朝食後5周、日中はリハビリの合間を見て10周、夕食後に5周という具合に1日30周歩いた。


運動効果は抜群だった。

リハビリは、歩行器を使った歩行練習から、右手に杖を持った歩行練習に変わった。

歩行器に掴まらなくても両足でバランスを取り、右手に杖を持って歩行が可能になった。

脚《あし》の筋力強化の歩行訓練には、まだ歩行器を使ったが、杖歩行ではバランスを優先した歩行練習を繰り返した。

歩くほどに、一歩一歩に確かな一歩を感じる、次第に心細かった復帰への手応えを感じるようになっていった。

とにかく、毎日、食前食後、リハビリの前後も歩いた。30周が40周になっていた。

運動量が増えるとインスリン（註）注射の量は、どんどん減り始めた。

そして、7月21日、遂にインスリン投与はZEROとなった。

同時に、救急病院に運ばれた時には、二桁以上あったHbA1cは5・8になっていた。

ちなみに体重は、カロリー制限の効果も手伝い、82kgから72kgまで減っていた。


がむしゃらに歩いたおかげで多少筋力や体力はついたが、歩く姿勢は滅茶苦茶《めちゃくちゃ》だった。

バランスが悪く歩行は左右に大きく振られた。右脚を軸に左膝は棒のように蹴り上げる歩き方になってしまっていた。

こうなると当然、歩くと左膝の上側と膝の裏側にかなり無理な負担がかかり痛みを伴った。

歩行にも支障が出てきてしまったので、PTの時間は姿勢を正しく保つことと、痛んだ膝のケアに費やした。

そしてOTの時間は、院外での歩行練習に時間を費やした。

しかし、歩行バランスの悪さは、なかなか直せなかった。原因は、手と膝の動きにあった。

歩く時、左腕を女性がハンドバッグを持つように抱え込み、腕を振っていなかった。

また、膝をバネのように柔らかく使えないことが主な原因だった。

気を付けて手を意識し過ぎると、足元への注意が疎《おろそ》かになる、正しい歩き方は、なかなか難しかった。

ゆっくりと膝を柔らかく使って、バランスを取りながら歩くことは、もっと難しかった。

◆復帰を目指して

7月も後半になるとリハビリは、治療や施術というより、退院後の社会復帰を前提とした訓練に内容が変わった。

歩行訓練は、限界に挑むように、毎日病院の外の砂利道やデコボコの道を選んで歩いた。

室内では、階段を跳ね上がるように上り、通路に障害物を並べて、素早く避《よ》けながら歩く練習を、また、床に座った姿勢から素早く立ったり、押し入れから布団を出したり仕舞ったり、重い物を持って運んだり、と日常動作を繰り返し練習した。

また、社会復帰に向けて大事な条件、通勤を想定して最寄り駅からターミナル駅へ、担当PTの介助で往復訓練を行った。

歩行には自信をもって臨んだことだった。

しかし、この外出は今まで練習して来たものとは全然違うものだった。

駅に着いてまず乗車券を買う。杖を持ち財布からお金を取り出し、券売機へお金を投入、出て来た乗車券を手に改札に向かう。

右手に杖を持ち、左手に乗車券を持って、改札口を通るという一連の動作は、発症前、無造作に何気なくやっていたことだった。

しかし今、ひとつひとつの動作を考え、噛み締めながら行わないと、手順に間違いが起こりそうである。第一、両手を使わなくては出来ないのだった。

前後の他人《ひと》の動きも気になる。バランスを崩しよろめき、担当PTを捜して目が泳ぐ。

改札機に縋《すが》りながら何とか通過するが、駅の外は私を知らない大勢の他人《ひと》がいた。

担当が寄り添って「流れに乗って歩きましょう」と言う。

「会社は駅からどれくらいですか？」

「あの銀行の看板あたりかな」

「じゃあ、あそこまで歩きましょう」

そもそも適当に引き返すものと思っていた私は「エッ！」少し焦った。

「流れに乗って歩きましょう。急がないと信号が赤になりますよ」

足元が気になり、すんなり足が出ない。

足元の舗装は大きくひび割れ、点字ブロックも半分剝《は》がれて邪魔になる。

歩道の縁石も邪魔、横断歩道への傾斜も怖い。

正面から向かって来る他人《ひと》達は、私の持つ杖が目に入っているのだろうか？

配慮など微塵もなさそうに向かって来る、杖が蹴飛ばされそうで怖い！


目標の銀行までを引き返し始めた私に、付き添いのＰＴが言う。

「駅前でコーヒーでも飲んでから帰りましょうか？」

私にはこれは休憩ではなかった。とても計算された訓練だった。

杖を突きながらドトールコーヒーに入り、杖を持ち換え左手に持ち、お金を出しながら注文し、お釣りを仕舞う。

杖を右手に持ち換える。左手にコーヒーを持つ。

右手で杖を突く、身障者なんて目に留めない周囲の他人《ひと》の間を、空いている席を目指してやっと座った。座って漸《よう》く《や》緊張が解《と》ける。日常動作の困難さに辟易《へきえき》とする。

駅の階段、エスカレーター、エレベーター、一通りこなして病院に戻った。


病院の中は、どこでも自由に、何の心配もなく歩くことが出来た。

外の世界は、ずっと緊張を強いられる、全く気の抜けない場所だった。

周囲にいる私になんか無関心な他人《ひと》の動き、足元の路面のデコボコ、目標までの距離感、信号の間合い、病院はそんなものが一切ない特別な環境だった。

病院の通路は、どこにでも手摺りがあり、すぐそばの壁に寄り掛かれた。街にそんなものはなかった。

発症前、無意識に行っていた一連の動作が、こんなにたくさんの要素の集まりだなんて考えもしなかった。

お互いが障害者という認識を共有している病院の中の私は、温室で促成栽培されたモヤシのようなものだった。

OT担当とは、一緒に私の自宅を訪問し、退院に備えて、生活導線の確認を行った。

家族とケアマネージャーも同席し、退院後に必要な設備などを検討した。

その結果、介護保険の認定後に取り付ける、手摺りの位置などを決めた。

やがて、手摺りを取り付けてもらうのだが、二つの業者の見積もりは倍も違っていた。

しかも使用する材料も工期もほとんど違わないもので、見積もりの説明もさほど変わらない。

違うのは金額だけだった。

自治体の介護支援によって、本人の負担は実費の1割とはいえ、介護保険に集《たか》る業者が多いとは聞いていたが本当のことだった。

そういえば、実家に住む両親の家にも、トイレと風呂場には邪魔なほど手摺りが付いていた。

介護保険料が悪戯《いたずら》に上がるのも、こんな一面があるからかもしれなかった。

ST担当とは、復帰を目指して、発音や声量確認のために担当を前にプレゼンテーションを行った。

担当が窓を閉めたベランダに立ち、プレゼンテーションを繰り返した。

大声を出すことは、発音の矯正にも大いに役立った。

また、入院中にリリースされたWindows10も試させてもらった。


日常の様々なことを試し、だいぶ自信がついて来たが、主治医から退院の話はなかなか聞けなかった。

私の入院期間のリミットは150日間、9月半ばまでだったが、私には、退院したい日があった。

情緒的、感傷的に過ぎるかもしれないが、踊り場に立ち、これからの人生の第二ステージのスタートを、メモリアルな日にしたかった。私の62歳の誕生日、8月25日はもう少しに迫っていた。

仕事復帰への課題に対する目途もついてきた、として主治医に退院を打診した。

OKが出た。退院まであと10日余りだった。

リハビリの最後の課題は、外泊訓練、自宅に1泊することになった。久しぶりの家族と一緒の食事は、美味しかったし、楽しかった。ゆっくりと入浴を済ませ、寝るばかりとなった私は2階の自室に布団を敷いた。自室は畳敷きの和室だった。

ここまで順調に過ごしていたのだが、夜中、尿意に立ち上がった瞬間、ふらっと体は床柱を強打した。顔面を直撃した床柱の横には、ガラスケースに入った人形が置いてあった。

普通に立ち上がれると思ったのは、間違いだったが、床柱が相手だったのは、不幸中の幸いだった。

私の身体は、リハビリで大分回復したとはいえ、脳梗塞に侵された後遺症は、左手足にしっかりと残っていた。

自宅での生活の残像が寝起きの行動の間違いを引き起こしたのだった。

冷たいシートで冷やして、朝を迎えたが、まだ腫れが目立った。

情けない顔で病院に戻ると看護師に揶揄《やゆ》された。「ちゃんと報告しなさい」と。

周囲にはご愛嬌で済ませたが、この事は、退院後の行動を戒《いまし》めるには十分だった。

入院当初、退院間近い患者が杖も使わずスイスイ歩いているのを見て、私も退院の時はあのように歩けるようになれる、と漠然と思ったものだったが、とても甘い見通しだった。

入院中たくさんの退院していくひとを見ている内に、それはなかなか難しいことだ、ということに気付かされた。スイスイ歩くひと達は、私よりずっと軽い症状のひと達ばかりだった。

私の発症から闘病の経過を知るひとは皆、あの脳幹梗塞から、よくここまで回復出来たと、驚くのだった。私の脳幹梗塞の症状は意外にも私が思っていたものより、ずっと重いものだったのだ。

妻や息子からすれば、杖1本で、家路に就くことが出来るなんてことは、夢にも思わぬことだった、と言った。

それに私は、ここでとても貴重な時間を過ごすことが出来た。

特に若い療法士達との濃密な時間は、私に新しく、若々しい感性を与えてくれた。

ただ、麻痺は同時に筋力や体力を著しく奪うという現実がある。

施術治療とともに、その奪われた体力、筋力を補う指導や患者が自由に使える機器の充実も願いたいものである。

まあ、ともかく、こうして私は、発症時と同じように顔を俯《うつむ》き加減にして退院を迎えた。

7　マイノリティ

8月26日、退院の翌朝、妻とウォーキングに繰り出した。

脳梗塞の後遺症が腕や脚に残り、杖に頼ってはいたが、これで元の生活に戻れる。今まで歩いていた道を歩けるという達成感に満たされた朝だった。

しかし、それも一瞬のことだった。

家を出て50ｍも行かないうちに、左足が実にあっさり膝折れした。ストンと尻餅をついてしまった。

今まで練習中にも一度もなかったことに爽快感も吹き飛び、曇天の空が急に私を包み込んだ。

立とうとした。簡単にいかないことは、分かっていた、妻の力ではどうにもならないことも。

障害者は、自力で自分の体重を足に容易に載せられない、周囲を見回したが標識などの掴まる物も見当たらなかった。

初めて見る光景に、妻は起こそうとする。駄目だ、全体重がかかる。

健常者には有り得ないことだし、分からないことだった。

結局、散歩で通りがかった他人《ひと》の手も借りて立たせてもらった。

逃げ帰るように家に戻った。


妻には盛んに言い訳をしたが、自分には言い訳できなかった。すっかり自信を失ってしまった。

気持ちを立て直そうとしたが、その日の午後から数日続いた雨で、機会を失ってしまった。

外に出ることに恐怖を覚え、その数日で歩き方が分からなくなってしまった。

毎日5～6㎞も歩いて積み上げた自信は、こんなにもあっさりと崩れ去った。

リハビリという応急処置で作り上げた私の肉体《からだ》は、仕組みの繋がりが弱く、未完成だったのだ。

脳梗塞を経てリハビリで作り上げた肉体《からだ》は、たった一日何もしない日があっても、忽《たちま》ち衰えてしまう脆《もろ》い肉体《からだ》だった。まだまだ鍛える必要があった。

落ち込んでばかりもいられなかった。気持ちをもう一度奮い起こし、K病院を訪れた。

退院前に、より歩行を安定させるために担当PTに相談していた装具を作るため、主治医の処方箋が必要だった。

装具業者の指定日に再び病院を訪れ、PT担当の立ち会いで装具を作ってもらった。

また、退院してリハビリに困ったら、この人に相談してみたら、と聞いていたフリーランスの理学療法士Fと連絡を取った。

初めてFの治療を受けてみて、実力が頭抜けていることはすぐに分かった。頼りになると実感した。

安定した歩行を体得したいと願うと、Fは私の歩き方を見て、膝と足首に集中した治療を開始した。

退院して一カ月ほど経つと、入院中に申請した介護保険が大分遅れて認定された。介護1と認定された。

早速認定待ちで、遅れていたバリアフリー工事を依頼し、玄関に手摺りなどを取り付けてもらった。

また、妻は私にデイサービスに行くことを勧めた。私が同居の母親に勧めたように。

私のデイサービスのイメージは、現役を終えた介護老人が集まり、お茶を飲みながら、肩を寄せ合い、テレビを見たり、過去を語り合って一日を過ごす場所だった。

私は、たとえ療法士がいなくても、積極的にリハビリに取り組める施設を探した。だが、そんな施設はスポーツクラブぐらいしかなかった。少しハードルが高いし、通うには遠かった。

そんな私に、妻とケアマネージャーは、デイケアというリハビリも出来る施設があるから、と試しに行くことを勧めた。

私は勧めに従い、デイケアに行ってみることにした。

何より四六時中気の休まらない妻には、休息が必要だと思ったからだった。家にはデイサービスに通う私の母親もいるのだから。

案の定、デイケアは、わたしの想定を超える施設ではなかった。

施設利用者は四十数人、利用者にはそれぞれ席が割り当てられていた。

参加者は、まずバイク、腕の運動用の滑車、足首矯正用の立位台、マッサージチェアなどその日、利用したい設備を予約するルールがあった。利用は1設備1度、15分の制限が設けられていた。

療法士によるリハビリは各人20分のスケジュール表が配られ、5〜6人の療法士がスケジュールに沿って施術を行っていた。

リハビリは、回復を狙うというより、維持に重点をおいた軽い体操の手伝いのようなものだった。

それも20分、〝なんちゃってリハビリ〟だった。

リハビリ設備は半数ほどが利用していた。私はそれぞれ1度ずつ利用し、残った時間は施設の廊下を何回も歩いて往復した。

利用者同士で趣味の将棋や麻雀に興じるひと達もいたが、一日中何もせず、茶飲み話を続ける集まりを形成するひと達がいた。この集団には、たっぷりと肉付きのいい車椅子に乗った主がいた。数人の取り巻きもいて、集団を牛耳っていた。これには施設の介護福祉士も一目置いていて、その方が施設運営も上手く回っているようだった。面倒臭い連中で時々リハビリの順番にも介入することがあったりしたし、主はマッサージチェア3台の内の一番新しいものを順番を違えても必ず利用した。

意に沿わないことだったが、こういった施設は介護を担う家族の負担を和らげる役割もある。

水曜と土曜の週2回デイケアに通うことにした。

妻には週2回、自由な時間が出来た。

退院後すぐ、会社に復帰しようと考えていたのは、間違いだったと、ここに至って初めて気づいた。

病気の前と同じように動けても、身体の中身は脳梗塞を患った肉体《からだ》なのだった。

健常者にとっては、ちょっとした頭痛や発熱でも、今の私には相当のダメージになってしまう。

身体の反応が全く違うのだ。発熱などすると全く動けなくなるし、疲労も大きかった。

大したことはない、と片付けられない重大な出来事、という認識を持たなければいけなかった。

障害者手帳の申請のため、再びK病院を訪れ、診断書の作成を依頼した。

麻痺測定の結果は、左腕の状態が殊の外悪く、障害1級と認定された。

退院初日の思わぬ出来事で、会社に顔を出すのは、9月も半ばを過ぎてしまっていた。

ラッシュの時間帯を避け、9時過ぎに妻と会社を目指し、家を出た。

ひとりで行くことを主張したが、退院初日の無様さを見ては、妻も承知しなかった。11時頃会社に到着し、この日は挨拶程度で14時頃帰途に就いた。

出かけているときは気付かなかったが、家に着いて一息つくと、どっと疲れが襲って来た。

疲労は、病院で経験した比ではなかった。おそらく病院の時間の数倍の疲れが蓄積された。

往復3時間の電車、トータル6時間の外出は、ソファーに座るとすぐ寝てしまうほどだった。

最初は、徐々に体を慣らそうと、月曜と金曜の週2回の出社を約束したが、すぐに後悔した。

雨の日は、傘と杖で両手が塞《ふさ》がり、足元も滑り、私にはとても無理なことだった。

また、強い風も足元がふらつき非常に危険だった。

週2回の出社は、そんなに生易しいものではなく、1回の出社がやっとだった。

私にとって通勤は、緊張の連続で、気を緩めることが出来なかった。

そんな緊張の続く中の仕事は、集中力の維持が難しかった。役員は辞任すべきだと思った。

それでも完全復帰を目指し、出社出来ない日は、家で机を前に過ごし、好天の時は、少々風が強くても往復２㎞ほどの最寄り駅までのウォーキングは欠かさなかった。デイケアのリハビリは期待外れだったが、Ｆによるリハビリは、施術を重ねるほど効果が実感出来た。

欠点を的確に治療してくれたし、自主練習の指導も効果的なものだった。

Ｆによる週１回のリハビリ治療を２回に増やしてもらった。

膝は、足を突っ張らずに、柔らかな動きが徐々に出来るようになってきたし、歩行時につま先が落ちることも少なくなり、外出の際は装具を付ければ、心配も少なくなった。行動範囲も広げた。懇意にしてもらっていた会社、百貨店やコンビニでの買い物や食事、大変さや面倒臭さはあったが、生活圏を広げる度に、大変さや困難さのハードルは徐々に低く感じるようになっていった。

いよいよ本格復帰に向け年末年始の行事にも全日参加を果たし、夜道も目を凝らし、より注意が必要ではあったが、無難に歩くことが出来た。

４月には、完全復帰しよう。

コンディションはだいぶ整いつつあったし、通勤の体力にも自信がついてきた。

通勤を阻む障害は次々と湧き起こったが、通勤を重ねながらひとつひとつ克服し経験知を積み上げた。

緊張感は絶えず保たなければならなかったが、危険を想定し無理をしなくなった。

◆障害者の呟き

私は脳梗塞による左半身麻痺という障害を得て、健常者という普通の人達が、障害者に対し、何と無理解で無配慮な危険な行動をとる存在であることかと思い知らされた。

駅とか公共施設など、バリアフリーが叫ばれてだいぶ経《た》つし設備も目に付くようになってきたと思っていたが、いざ利用しようにも遠く離れて設置されていたり、身障者には窮屈な仕様だったり、実に使いにくいものだった。

障害者用トイレは使用中が多かったし、待っていて出てくるのは健常者が多かった。

しかも煙草の煙が漂ってたり、吸い殻が捨てられていることも珍しくなかった。

こんな使い方をされるのなら、総《す》べて障害者仕様にして障害者と健常者と区別なくするか、「健常者使用禁止」とでも表示して欲しいものだ。

歩道なんて気配りを装ってはいるが劣悪だった。道は車のものだった。車道の舗装と歩道の舗装は同じように見えても全然違っていた。

歩道は安普請《やすぶしん》。車道の余ったスペースに設けられたのか、狭くなったり広くなったり。また車道との間がガードレールだったり、白線一本だったり。道幅いっぱいが、車道だったりした。


そもそも路面が全然違った。

自走式の車椅子で外を動き回るのは、ほとんど無理だと思った。綺麗に見える路面も微妙に歪んでいるし、人家の駐車場から車道への傾斜など、歩行者はあまり感じないかもしれないが、杖を突く障害者にとっては辛い傾きだし、まして車椅子のひとにとっては、恐怖感さえ感じると思われた。

狭い道幅にお座成りに、無理やり造ったような歩道、どうやって車椅子が通るのか、杖を突いてどうやって電信柱の向こうに行けるのか。

そんな歩道があるかと思うと、一方、ガス水道工事の跡の補修で出来たデコボコの道。健常者にとっては気にも留めないだろうが、杖を突く身には僅《わず》かな盛り上がりでも、少しのデコボコだからこそ躓《つまず》き易《やす》いものだった。

点字ブロックでさえ、邪魔だと思うひとがいることを分かって欲しかった。

やっとひとが擦《す》れ違《ちが》う程度の歩道も歩きにくいことこの上ない。

店舗の看板、商品の旗、停めてある自転車、みんな邪魔だった。

歩道を走る自転車も怖い。歩きスマホはもっと怖い存在だった。

こちらが避《よ》けると思い込んでいるのか、ぶつかって来るのは若い女性の歩きスマホが一番多かった。

歩行者で困るのは、追い越しざま前から来る人を避けるため、突然目の前に割り込んで来るひと。

急に目の前に入り込まれるのは恐ろしかった。

道いっぱいに横に広がり、会話に夢中になって来るひとも、前を見ていないので、目の前に障害者が迫っているという認識がないのでぶつかることが多かった。

立ち止まり、歩道の端に寄って、通り過ぎるのを待つしかなかった。

杖を持って歩く障害者は機敏に動けない。

立ち止まるという動作、そして避《よ》けるという動作、健常者の一連の動作の数倍の時間を要する。

決してノロマではない、一生懸命社会に適応しようと頑張っているのだ。そういう目で障害者を見ていただきたいものだった。

電車のシルバーシートも当てにして乗ると、悲しい目に遭うことがよくあった。

どうやら席を譲りたくないひと達は、障害者が目に入らないように振舞うのだった。

私がシルバーシートに近づくと、あらぬ方向に目を向けたり、突然睡魔に襲われたり大変そうなのだ。

さぞお疲れになっているのだろう、年配のご婦人に多かった。

大抵その場合、ちょっと横にズレてくれれば、もう一人座れるのになあ、だった。


次の駅で降りるようなとき、早めに乗降口近くに行って、手摺りに掴まりたいのだが、このコーナーは居心地がいいらしく、少し体をズラして欲しいところだが、縄張りを譲ってくれるひとは少なかった。

電車を降りようとする時、我先に乗り込もうとするひと、乗り込もうとする時、寝ていたのか慌ててひとを掻き分けて降りようとするひと、いずれも押し倒されそうになった。

周囲のひと達に支えられなければ、押し倒されていただろうことも一度ではなかった。


席を譲ってくれるのは、若い男性に多かった。

気軽に席を譲ってくれるのは、文化の違いか欧米人が気軽に席を譲ってくれた。

『どうぞ』『ありがとう』実に自然に席を変わってくれる。何の躊躇《ためら》いもない。

一方、この国のひとは慣れていない。周囲の目を気にするようだ。

周囲の目は、『余計なことをして』と呟く。

『私も譲らなくちゃいけないじゃないの』こんな感じである。


道路のデコボコや障害物は避ければいい。

障害者にとって一番厄介《やっかい》な障害物は〝ひと〟だった。

備え付けられた駅のエレベーターに、ベビーカーを押す婦人や障害者が並んでいても、それを押しのけて我先に乗る若者。

それだけならまだしも、それを置き去りにドアを閉める中年サラリーマン。

〝ひと〟は悪気もなく不意に障害者を襲う、避け切れない、とても恐ろしい最大の障害物だった。

街の中は障害者にとって傍若無人《ぼうじゃくぶじん》の世界であった。


母親に連れられた幼い子が、障害者に向かって指《ゆび》を指《さ》したりすると、大抵の母親は、『あっちを見ないで、こっちを向いてなさい！』と言って目まで隠す。

子供が『どうしてなの？』と聞くと『いいから黙って、静かにしていなさい！』と母親。

よく見かける光景である。

子供に障害者を疎外して、区別する意識を芽生えさせる行為でしかないと思った。

この国はソフト面で、バリアフリーという意識を持ち合わせていない。

手摺りを付け、点字ブロックを敷設し、駅のホームにエレベーター、障害者用トイレを付けたからと言って、バリアフリーだなんて言えない。

幼い時から、障害者が身近にいて育てば、おそらく障害者に対する気配りも育つだろう。学校教育も教師や制度の都合だけでなく、同じ教室で育てば、押し退けてまでエレベーターに乗る大人にはならないだろう。

そうなって初めてバリアフリーの社会といえると思うのだが。


障害者となったばかりの私の嘆きの呟きである。

私は障害を持つ以前、職場にいる足に障害を持つひとを見ても、「歩くのが大変だな」としか見ていなかった。

しかし、自分が障害を持つ身になって「そうじゃない、総てが大変なんだ」と思った。

歩くのにも相当エネルギーが必要だが、ただ座っているだけでも健常者の時には感じたこともない疲労を感じた。

何をやっても、当たり前に動いているように見えて、実は健常者の数倍のエネルギーと時間が必要なのだった。

そう、障害者にとっては、今のこの普通の社会が実に棲みにくい社会なのである。

何故？　健常者達があまりに身体に不自由を抱えるひと達に無理解であるから！

アイマスクや重りの付いた膝当てなど、高齢者体験キットなるものを使い、高齢者体験などやっているが、やらないよりは増しだが、実際にそばに寄り添って生活を送らないと分からないことは沢山あるのだった。


世の中には、私のような障害者ばかりではないだろう。

障害者として健常者に対し、苛立ちを感じ様々なストレスを抱えるひとが大勢いるだろう。

それらのひとにとっての障害はまだまだたくさんあるに違いない。

また、田舎町と都会でも障害物の種類は違ってくるだろう。


こんなこともありました。あなたはどう思われますか？

ラッシュアワーの時間も過ぎて、ホームに下りる階段は誰も上ってくる人もいなかった。

私は右手の杖を左に抱え、右手で手摺りに掴まりながら階段を降り始めた。

途中の踊り場を過ぎた辺りに差し掛かった時、階段の下に着物姿のお元気そうなご婦人が現れ、階段を上り始めた。

私は往く手《ゆて》に現れたご婦人に戸惑い立ち止まった。

そろそろ往く手《ゆて》を空けてくれないか？

ご婦人は私が視界に入ったのか少し顔を上げ、私に言った「ここは左側通行よ」

一瞬たじろいだ。仰る通りではあるが、私の左足には装具が付いていたし、杖も抱えているのは視野に入っていると思うのだが。

少しの間があったが、無駄だと知って、手摺りを掴んでいた右手を手摺りから離し、杖を左手から右手に持ち替え、右手で杖を突き、左に1メートルほど移動した。

それを待って、空いたスペースをご婦人はユックリと通り過ぎた。

私は右手の杖を使ってゆっくりと慎重に階段を下りた。


この日の夜、ササクレ立った胸の不愉快な記憶に、呻《うめ》きながら大きく息を吸っては寝返りを繰り返し、なかなか寝就けなかった。

今、私は麻痺で上手く動けない自身を、健常者のようには機敏には動けない自身の体を受け入れることが漸く出来るようになった。

そして私は、私を見る周囲の他人《ひと》に、何かを期待することを止めた。

第二章

ベッドから見えた景色

1 再　発

辺《あた》りは暗かった。

生き埋めにでもなったのか、瓦礫《がれき》にでも埋もれたのか体に圧《の》し掛《か》かるものが重かった。

助けを呼ぼうとしても声が出なかった。呼吸が苦しかった。

周りにひとの動く気配はするのだが、誰も私に気付かなかった。

入院して数日、私は正体不明に陥《おちい》っていた。

◆全身麻痺

私は自分の肉体《からだ》が自覚出来なかった。

両手両足の感覚が麻痺していると言うのではない。存在を感じることが出来ないのだった。

ベッドの上に両手、両足のない私の肉体《からだ》(註)がただ転《ころ》がされている、胸に圧迫感、下腹に鈍痛が僅かに感じられる、そんな感覚だけがあった。

息が苦しかった。小刻みに微《かす》かな呼吸が辛《かろ》うじて続いた。


全身麻痺とはこういうことなのか！

麻痺ということすら感じられない。完全に機能は停止していた。

そこに無造作に放り出された肉体《からだ》、何等抵抗することも出来なかった。

手足の実感がない。麻痺と感ずる術《すべ》がない。実態がないのだった。

私は昨年脳梗塞を発症し、一週間後には意識混濁《いしきこんだく》に陥った。

とんでもなく深く苦々《にがにが》しい時間を過ごした。


そして今、丸腰で次に襲って来る脳梗塞の罠は何かと、身を固くしてただ怯《おび》えていた。

混濁の先の経験はなく、この後にどのようなことが起こるのか知らないことが怯えを深くした。

混濁も襲って来ない、ただ時間が経過していく、誰にも気付かれない空間。

置き捨てられ忘れ去られた自分が永遠に埋没していく姿が脳裏に浮かんだ。

その空間が薄気味悪かった。

麻痺は痛みや苦しさを伴って襲って来るわけではなかった。

何の前触れもなく時間の経過と共に、気配すら感じさせることもなく、麻痺は広まった。その広がりに痛みも苦しさも感じないことが恐ろしかった。

刻々と奪われていく身体の機能、思考は正常に機能したが、失われていく機能を制御することは出来なかった。

見る見るうちに麻痺が何の気配もなく進むのである。眠りに吸い込まれるわけにはいかなかった。

先の分からない現実を、想像も出来ないこの先を想い、手も足も出ない肉体《からだ》で身構えた。微睡《まどろ》み、目を閉じてしまうことが怖かった。睡魔に引きずり込まれるわけにはいかなかった。

睡魔に敗れ、目を閉じた瞬間、記憶を保ち続けられるのか、自分を認識出来るのか？もう目を開《ひら》くことがないのでは……と。

不安の中で数日を過ごした私は、まだ生きていた、記憶は繋がっていた。

私は何の抵抗も出来ずにいた。

時々、看護師が回って来て、床ずれ防止に体を左右に動かされるだけ、〝もの〟のような身体になっていた。

それ以外、看護師はベッドカーテンの隙間《すきま》から覗き見て異常なし、として通り過ぎるだけだった。

私は、生かされていた。酷《むご》い仕打ちだった。

◆不随意筋《ふずいいきん》

麻痺して体を実感出来なくても、体から離れたところにあるだろう足の痛みや胸の重苦しさは感じた。

痛覚とでもいう感覚なのだろうか、それは全身麻痺となっても機能した。

生きるための機能なのだろうが、全く動けない私にとっては、苛立ちや苦痛でしかなかった。

声も出せない私は、巡回で目の前を通る介護福祉士や看護師に、たとえ、どこか痛くても、苦しくても、何も訴えることが出来なかった。

麻痺していても、同じ姿勢で居続けることは苦痛だった。寝返りさえ出来ないのだから。

ほんの少し私の意志を伝えようとしても、気持ちだけでは、麻痺した身体はピクリとも動かなかった。

そんな時、突然起こるクシャミなどの現象は、全身の硬直を開放する貴重な現象だった。

また、足など体の部位が長い時間、同じ状態にあると強張《こわば》って硬直し〝ビクッ〟と勢いよく跳ね上がる、こんな体の収縮も不随意筋の生理的な活動なのだろう、体の強張りを解放した。

この突然興《おこ》る不随意筋《ふずいいきん》（註）の収縮は、私の唯一の不確実で無自覚な自発的動作だった。突発的《とっぱつてき》に起きるこの現象は、体を大きく跳ね上げ無作為《むさくい》にベッドに私を置き直した。

クシャミなどは、その典型的な現象のひとつだった。ただその結果の姿勢が、望み通りにはならないのだが、看護師を私の下《もと》へ呼ぶ力にはなった。

クシャミに気付いた看護師がカーテンから覗いた時、もがいている様子くらいは表現できた。

しかし、クシャミはそんなに都合よく出るものではなかった。

クシャミの後の洟垂《はなた》れ顔は、誰かがすぐに気付いてくれればいいが、覗きに来た看護師が姿勢を少し整える程度で立ち去ってしまうと、顔を汚した洟《はな》はガビガビに渇き、だらしない汚い顔の哀れな自分を周囲に晒《さら》した。全身を覆った麻痺だが、首筋が痒いとか耳を穿《ほじ》りたいとかの厄介で耐えがたい欲求は確実に訴えてきた。まるで自分勝手で我が儘な子供のように。

◆五　感

それにしても、救急車で運ばれて数日、最初、麻痺は右を襲い徐々に左まで侵し、やがて全身を覆《おお》い尽《つ》くしあらゆる機能を停止に追いやった。

視覚、見えるが、視野がだいぶ狭まっている。

嗅覚、微かに感じ取れるが、病院独特の臭いがあるはずなのに、それが感じ取れなかった。

聴覚は、他の感覚を失ったせいか、聴覚に神経を集中して頼ろうとするためか、異常なほど敏感に音を捉えた。

味覚は、口に入れられたものが硬いか、柔らかいかが分かる程度、味などほとんど感じなかった。

口に入れられるものは、咀嚼《そしゃく》も嚥下《えんげ》も殆ど出来なかった。殆どが口の中に留まった。

私の食事の介助に来たＳＴ（言語聴覚療法士）は、血圧を測定しながら、ベッドの背を少しずつ上げ、食事の姿勢を探った。

ベッドの背を上げた状態で私が苦しくないことを確認すると、声を出すように言った。

声が出ないことを知ると、呼吸の確認をした。

続けて咀嚼《そしゃく》や呑み込みの確認をした。

改めて、栄養士を連れてきて介助をしながら、姿勢、食物の形状、飲み物のトロミの量などについて申し送り事項を作成し、ベッド脇に掲示した。誤嚥性肺炎《ごえんせいはいえん》などのリスクを心配しての事だった。

私の口は大きく開かなかった。口中のベロの動きも緩慢で歯の裏側を漸く軽く触れる程度、唾液を飲み込むと言ってもベロは奥に唾を送り込むことが出来ず、ただ舌の表面を滑り落ちた。

口中には、咀嚼したままの食物が歯茎との間に残った。毎回ブラシで取り除いて貰うしかなかった。

食事は胃瘻《いろう》(註)も鼻からの注入も、なんとか避けられる状態を保っていたようだ。

水分はトロミ剤を2本入れたゼリー状に近い飲料、食物は粥状のものを口に入れられた。

手など全く動かなかった。看護師がナースコールを握らせてくれても、握った感覚が全くない。

ナースコールを押すなんて無理な話だった。触った感覚がないのだった。

ＯＴ（作業療法士）が2日に一度くらい20〜30分程度のマッサージを施しに現れた。確認のため手を握られても握り返せなかった。

コミュニケーションを自分から求めることは、出来なかった。

面会に来た妻が、何を話しかけても返事を返せない私に、話しかける声は次第に大きくなった。

私にはただ煩《うるさ》いだけなのに、返事を返す手段のない私は、研《と》ぎ澄《す》まされた聴覚を持て余すしかない。

声を発しようとしても、鳩尾《みぞおち》の辺りに留《とど》まった声はそれ以上、上がって来ない。発しようとした声は、腹の底に沈み、そこから声の音がひとつひとつ、ゴルフボールくらいの大きさの水泡に包まれ、少しずつ少しずつ喉元に上がって来る。

声の一音を包む水泡は窮屈《きゅうくつ》な喉をどうにか抜け出て、やっと弾《はじ》けて一音を発する。次の一音までには、また数十秒掛かってしまう。

話しかけた妻は、なかなか音を繋《つな》ぐことが出来なかった。

業《ごう》を煮《に》やした妻は五十音表を作って私に見せた。指し棒を持った妻は虚しく俯《うつむ》いた。それを指さす私の腕も手も動かないのだった。

◆導尿《どうにょう》、摘便《てきべん》

私は入院当初には、もうトイレにも行けない状態だった。看護師は尿器を用意した。それでも、それは虚《むな》しいことだった。腹に力を入れようと息を吸い込むことが出来ない。踏ん張ろうとしてもどこにも拠り所となる力点が見出せない。どんなことをしても排尿に至らないのだった。

いくら腹筋を活かそうとしても、全身麻痺の肉体《からだ》は背中を丸めたり、横を向いたりも出来ない。

ただベッドで上を向くだけの体は、筋力など発揮しようもなかった。

第一筋力は全てを麻痺と言う化け物に奪われていた。

麻痺はしっかりと体中に浸透し、遂に排泄に必要な力さえ奪ってしまっていた。

下腹は膨《ふく》らみ膀胱が腫《は》れ上がり逃げ場を失った尿は、苦しさなど飛び越え激痛を呼び起こした。

悶絶した。苦しくて、こんなことで声も出ないで身を揉みしだく自分が、悔しくて、情けなくて、涙が零《こぼ》れた。漏らすなどの問題ではなかった。出せないのだから……。

看護師が現れ、そんな下腹に掌を押し当てた！

出したくても出ない叫び声が喉を塞《ふさ》ぎ、喉元に迫った絶叫が出口を求めて体を大きく膨らます。

絶叫も吐き出せない私は、息を吐くことも出来ず、体を目いっぱい膨張させた。

私は拷問に喘《あえ》ぐ刑場の晒《さら》し者でしかなかった。

膀胱は体の中で弾けようと暴れ廻り、体を跳ね上げる。

喉に詰まった大きな声の塊《かたまり》は、体の背を跳ね上げる。

看護師は、そんな私に目もくれず、何食わぬ顔で尿道に管を通し排尿を促す。導尿《どうにょう》（註）というらしい。

それが排尿のたび、何回も繰り返され、やがてバルーンカテーテル（註）が取り付けられた。

ベッド脇には流れ出る尿を受ける袋がぶら下げられた。

便の処理は数日に一度、看護師が浣腸を注入してから、指で穿《ほじく》り出す、摘便《てきべん》（註）という処理がなされた。

私は排泄物が排出出来ないばかりでなく、声すら押し出すことが出来なくなっていた。

◆体交《たいこう》（体位交換《たいいこうかん》）

看護師、介護福祉士は、床ずれ防止に数時間置きに私のベッドを訪れ、体の向きを変えた。

腰の辺りに入れたクッションなどの位置を左右入れ替えに来るのだった。

一定時間ごとに現れる巡回の看護師や介護福祉士は、体交《たいこう》（註）用のクッションを外し、オムツの汚れを確認し、床ずれが起きてないか、観察してから、クッションをこれまでと反対側に楔《くさび》を打つように入れ替えた。

寝付いたと思うとすぐに起こされた。看護師は私の安眠などに関心を持たなかった。床ずれ防止を優先した。

私は無抵抗でそれを受け入れるしかなかった。

それしか方法がないにしても、ボロボロになって捨てられた手足の取れた汚い人形のような扱いに感じられた。口惜しかった。

それでもその途中でナースコールが鳴ると「ちょっと待ってて」と捨て置かれた。

オムツ替えや体交はプライオリティがずっと低かった。20〜30分間、下半身を晒したまま待たされることなど当たり前のことだった。

私は〝もの〟だった。

細やかで丁寧な看護師、介護福祉士がいるかと思えば乱暴な看護師、介護福祉士もいた。

私は、痛みや苦しさを訴えることも出来ない、ただその辺に転がっている物だった。

麻痺は、痛みや苦しみはしっかりと残していた。怒りや憎しみなど耐えがたい感情はより鋭敏に私の記憶に刻まれた。

◆何故？

何故、再発したのだろう？　暗がりの中で考え続けた。

脳梗塞を発症して、周囲を窺うと入院患者には再発が多いことを目の当たりにして、考えられる限りの注意をして来たはずだった。

毎日の体温、血圧、血糖値に異常はなかった。

食事への注意も怠らなかった、特に塩分や糖分には気を配っていた。

酒など一滴も口にしなかった。

なのに、何故なのか。思い当たることがなかった。

原因も分からず、突然脈絡のない闘病を強いられる、しかもこんなに追い詰められて！

このままでは回復への意欲、生き続ける動機が見当たらなかった。

それだけを考え続けた。

時間を遡《さかのぼ》って考え続けた。あれは？　原因らしきことが、思い当たるとしたらあれか？

再発を自覚したのが月曜日、それがあったのは、３日前の金曜日だった。

その朝、危急に差し迫った便意に跳び起きた。

それは一日中、夕方まで続いた。この日私は、食べることも飲むこともしなかった。

永遠に続きそうに思え、飲むことも食べることも一切控えたのだった。

その日、一日のことだった。これが脳の脱水を生んだというのだろうか？

この日、一日だけのことだった。翌日には正常に何事もなく食事も十分に過ごしたのに。

何故、三日も前のことが、三日も経ってから脳梗塞の原因となるなんてあるのだろうか。

私に思い当たるのはそれぐらいしかなかった。でも、そんなことが本当にあるのだろうか？

あの日、水さえ飲んでいれば、こんなことにはならなかったというのだろうか。

分からなかった。未だにこの疑問に答えを持たないままである。

自分の不注意と思いたくないのであった。

ただ健常者ではない私は、既に脳血管に一度ダメージを受けている。

そこに不注意はなかったのか気になった。
どうやら私は健常者ではないことを前提に生きる必要があるようだと思った。
身体を悪寒が走り抜けた。

薄暗い夜の病室は、医療機器の赤や青のＬＥＤランプの不気味な光と、時々機器が放つ異様な電子音に満ち、寒々と寂寥感《せきりょうかん》さえ漂っていた。私の気持ちはささくれ立っていた。
周囲には鬼や夜叉が蠢《うごめ》いていた。

私のこの脳梗塞は、思考力、怒り、恨みといった感情を麻痺させることはしなかった。
精神や感情は、私の無念と憤りを際立《きわだ》たせ胸の内に慚愧《ざんき》の叫びを響かせた。
私の記憶や思考は鮮明だった。それが恨めしかった。
私は生かされていた。それが無念であった。

2　主張する医師

1日目、医師はこう言った。

脳梗塞は所見出来ません。少し様子を見て、また来てください。

2日目、医師はこう言った。

この画像のどこを見ても脳梗塞は見当たりません。今週、様子を見て来週また来てください。

救急搬送されて来た患者を診た医師は、目の前で徐々に動きが緩慢になる患者を相手に、治療する様子は全く見せなかった。

そして〝あなたの言う脳梗塞ではないので帰れ！〟と言うのであった。

脳梗塞の再発を感じたのは、2016年3月21日の朝だった。

しかし、それを所見し脳梗塞と診断が下ったのは、一日以上が過ぎた翌22日夕刻だった。

再発を感じ病院に搬送されてから、すでに33時間、やっと治療が開始されたのだった。

私は治療が始まっても途方に暮れていた。早い処置の開始が何よりの処方箋と言われる脳梗塞の治療が発症から30時間以上経って行われたのである。病室に移動する廊下の向こうには霊安室の扉があるように思えた。

◆治療しない医師

2016年3月21日月曜日、午前9時前。

『この症状は脳梗塞では？』朝起きて歯を磨こうと歯ブラシを手にした私は、異変を感じた。

『馬鹿な！』背中を悪寒が走った。

歯を磨こうと持ち上げた手に力が伝わらない。歯ブラシは力なく口の中を引っ掻き回す！

脳梗塞！　その麻痺が右手に憑《と》りつこうとしていた。じっと右手を眺めていた。

この一年のことを思い、溜め息が出た。折角ここまで……。

ぼんやりと考えた。今日は月曜日、春分の日の振替え休日。

昨年の発症から1年が経っていた。何故またこの時期に再発が？

思いもかけない出来事に血の気が引いて行くのが分かった。

何故⁉　どこにも持って行きようのない怒りが込み上げて来る。

一方の醒めた思考は、力なく垂れ下がった右腕を見て、急がなければ！


動揺した自分を抑え、妻に落ち着きを装って言った。

「再発したようだ。救急車を呼んでくれ」と。


今度は右に症状が出ていた。左もまだ上手く使えていないのに……。

入院の準備もそこそこに救急車を待った。

到着した救急隊員に症状を伝え、昨年も脳梗塞でS病院に搬送されたことを伝えると、まずS病院に受け入れ打診の連絡をしてくれた。

S病院に救急搬送された。


この時私は、去年より圧倒的に早く手当てが始まる。脳梗塞の再発は信じられなかったが、搬送される救急車の中で、これだけ迅速に進めば早く立ち直れる、と信じていた。

この日は休日ということもあり、S病院の救急受付には救急搬送患者以外にもインフルエンザ患者など大勢が休日診療に訪れ混雑していた。

CT検査、MRI検査などは、すぐに終わった。

病院は昨年運び込まれた時とは異なり、緩慢な空気に包まれているような気がした。周囲にまるで緊張感がない。去年感じた張り詰めた空気が感じられなかった。

すぐに治療が開始されると思っていたが、救急隊員と一緒に待合室で待たされた。

救急隊員は搬送記録か何かに医師の署名でも必要なのだろうか？

この辺《あたり》から私の胸には、大きな不安と疑念が湧きあがっていた。

待つこと一時間、救急搬送された意味もなく、10時30分ほどになって、診察の順番が来た。

当番医には、昨年のことも含めて症状を伝えた。

医師は難しい顔をこちらに向けて、

「画像のどこを見ても脳梗塞の症状は、見られません」と言った。

医師は患者の訴える病名や症状の緊急性など、全く気にする様子もなかった。

「画像を見る限りその兆候を確認できない」と繰り返した。

右手の麻痺症状も診ようとしない。全く治療をしないのだった。

『早く！』焦り泣き付く患者に、医師は、画像を示しながら「違う」と言う。

脳外科が専門でもないらしい当番医は、面倒な患者に当ってしまった、というような顔を私に向ける。

後に控える休日診療を待つ、大勢の患者を早く片づけたい風情である。

思案気な顔をこちらに向け、「少しお待ちください、よく診てから、またお呼びします」診察室から、診察を待つ大勢のひとのいる待合室に出された。

次の患者が診察室に入る。

私を診察室の外に放り出し、すぐ次の患者を診察室に呼び入れ、新しい患者の診察を始めた。

この医師に患者の症状の軽重など関係ないらしかった。

放り出され、待合室で待つ間、次々診察室に入る患者をイライラと見ながら、さらに待っていると、漸く呼び出された。

「今、昨年菊池さんの担当医だった医師が他の用件ですが、病院に来るので診てもらいます」

「それまで、あと少しお待ちください」と言った。

もう12時近くになっていた。

12時半過ぎになって、また呼ばれた。

当番医が、「今、脳外科医に診てもらいましたが、やはり違うということです」

「脳外科の先生は？」

「他の用件で来たので、もうお帰りになりました」

「菊池さん、今日はお帰りになって、様子を見てまた来てください」

口を挟む余地などなかった。救急搬送された時より麻痺は広がっていた。

看護師に促され診察室から、麻痺の継続するままの体で三度《みたび》待合室に放り出された。


途方に暮れるしかなかった。どうすればいいのか……？

車椅子から仰ぎ見た妻の顔がぼやけて見えた。


この時この医師は、私をどう見ていたのだろうか。

少なくとも脳梗塞の疑いのある患者が救急搬送されてくることは知っていたはずである。

そして脳梗塞という病の特徴、緊急性も理解しているはずである。

それなのに、その救急患者を待たせ、専門医に確認したと言い訳し、顕著に出ている症状さえ無視して門前払いする医師とは、どんな医師なのだろう。

そばで見ていた看護師達は、この医師のこの処置に疑問を持たなかったのだろうか。

縋り付く私を見る看護師に憐みの視線を感じたのは私の勘違いだったのだろうか。

少なくともこの医師は私を見ても一度も目を合わせなかった。私を〝もの〟としか見てなかった。

この医師は患者を患者として診ていなかった、仕事の一環として取り扱っただけで医師の役割を真摯に果たそうという態度ではなかった、と私には思えた。

だから１００人の内、２～３人ぐらい間違っても、２～３％のエラーなら問題ない、と割り切っている医師だったのかもしれない。

この医師を、医療従事者として不誠実だ、とか、不正義な医師だ、などと言ったところで私の麻痺が何とかなるわけではなかった。

救急受付の警備員はサッサと帰すべくタクシーを呼んだ。

ほとんど自力で動けない私を、タクシー乗り場に誘導し、タクシーに乗せた。

13時30分を過ぎていた。

自宅前でタクシーを降りたが立つのがやっとで自分で歩けなかった。

妻の肩に掴まり、靴の大きさ程の歩幅で、玄関にたどり着いた。

玄関からは這《は》って二階に上り、張り詰めていた気持ちと共にベッドに体を投げ出した。

救急搬送されながら、今度はどうリハビリに取り組もう、去年と違って正確に歩く練習を沢山しようなどと思い巡らしていた自分に、『なんと目出度い奴なんだ！』と苦い笑いが浮かんだ。

何も食べる気にもなれず、長い一日を振り返りながら、そのまま眠り込んだ。

深夜、トイレに起きた。キャスター付きの椅子を使ってトイレに行った。便座から滑り落ちた。

◆手遅れ

翌朝、異変は続いていた。麻痺は限りなく確実に広がっていた。

妻は朝からあちこちに電話して、昨日からの経緯を説明しながら、相談を繰り返していた。

こんなことを日常の生活のなかで誰が想像できただろうか？

また、こんな時、頼るべき相手など知る由もなかった。

私は、全く気力が失せていた。どうせ手遅れだ。諦め、投げやりになる気持ち、ぶつけようのない怒り、無力感が入り混じるなかで、時間と共に広がり続ける麻痺に、侵されていく自分をただ眺めているしかなかった。

それでも妻は、午後になり近所の診療所の助言を得て、また救急車を呼んだ。もうベッドから起き上がれもしない私は、その場で担架に乗せられ、又もやS病院へ。

しかし、今日は平日、昨日とは違い、脳外科医はいるだろう。どうせ手遅れだろうが。道中のことなど全く記憶にない。朦朧《もうろう》としていた。S病院に着いたのは15時過ぎだった、と思う。

MRI、CT検査。

処置室では心電図を撮られ、医師の診断。

医師は開口一番、

「脳梗塞ではありませんね。この画像を見ても、血液の状態も何の異常もありません」

唖然《あぜん》とする私。「じゃあ、この麻痺は?」

「解りませんね。どうでしょう?　今週いっぱい様子を見て、来週また来てみては?」

まさかこの医師も！


それから、この医師は、動けない私に画像を指し示しながら滔々《とうとう》と説明を始めた。

この時、私はこの医師の素性を思い出していた。

この医師は、昨年私が入院した時、同部屋の糖尿病患者の主治医、循環器内科の医師だ！

脳外科医然と話す医師、進行する麻痺に途方に暮れる私、その症状の原因を探るでもなく、弁舌は延々と続いた。


私は脳梗塞という病名に拘《こだわ》っているのではなかった。

差し迫るこの麻痺を何とかして欲しいだけなのだった。

私は思った、もうダメだ！　もう終わりだ！

◆権威の砦《とりで》

18時過ぎになり、見たことのある顔が医師の席に座った。

しばらくカルテや画像を診て、「脳梗塞ですね。脳幹梗塞です」あっさりと私に告げた。

見たことのある脳外科医だった。

昨年私の主治医だった医師の上司にあたる脳神経外科の部長だった。

今まで何をしていたのだろう。手術でもしていたのか。

さっきまでそこにいた医者の姿は、もうそこになかった。


処置が開始された。

発症から30時間を超えての処置、看護師によって点滴が繋がれた。それだけだった。

21時を回って病室に移された。


私は今、どんな過程にいるのだろうか？

昨年の経験を思い浮かべ、病状を少しでも軽く、抑えようとして急いだのに……。

脳幹梗塞の致死率は3分の1、そして治療開始から1週間は、どのような経過を辿《たど》るか分からないという。

しかも発症から30時間以上も経過してしまっている、何となくぼんやりと死ということを初めて意識した。ちょっと悔しいが、それでもいいか、と思った。


一週間後、生きているだけのような私の症状について、医師から家族に説明があった。

どんな説明を、どんな言い訳をするのか？

説明は、妻と息子が聞いた。私はこの時、混迷の中にいた。

それは昨年のようなベッド脇ではなかった。応接に通され、そこで行われた。

応接では二人が息子と妻を迎えた。医療法人として応対に臨んでいるように見えた。

ひとりは脳幹梗塞と診断した医師、もうひとりは医事科と思われる看護師が同席した。

医師は、権威を身に纏《まと》い、おもむろに口を開いた。

身を固く構えた看護師は、家族を注視しながら、メモを怠《おこた》りなく書き留めていた。

「今回、脳幹梗塞と特定することは、極めて難しいことでした。発見困難な上、判断が難しいものだったため時間が掛かりました。今後の治療には全力を尽くします」

無駄な言葉のない、何の呵責《かしゃく》もない説明とも言えないものだった。

家族は、応接の居心地の悪さと、権威という鎧《よろい》を着て構える医師と看護師を見て、組織が総力を挙げて守りに入ったことを理解した。

ここで何かを言うのは得策ではない、言っても無駄だと感じた。

おそらく、今回誤った判断を下した二人の医師は、また同じ過ちを繰り返すだろう。

その後の患者への関心などなかろうし、何の痛みも感じないのだろう。

医者とはそんな商売なのであろう。

病院という看板をかざせば患者という客が転がり込んで来る不思議な商売。

それを権威という飾りつけを施し、権益を守り続ける。

そもそもこんな病院が、救急病院の指定を受け、ここに存在していることが不思議に思えた。


妻と息子は、回復治療の早期開始を望み、いち早く回復期病院への転院を手配した。

程なくして回復期病院への転院が決まった。

危機をすんでのところで回避した私は、まだ生かされていた。

生きる以上は、全身麻痺をそのまま受け入れて、生きることなど出来なかった。

脳幹梗塞の残した全身麻痺を、克服する意志を強くした。


麻痺と対峙し、この不条理と向き合わなければならなかった。

◆偽善の医者

田舎に暮らす私の両親は、元気とは言え年寄り二人で暮らす漠然とした不安から、老人サロンのような近所の内科医を掛かり付け医として毎週通っていた。

ある日、躓《つまづ》いて転んだ父親を診た掛かり付け医は、打撲と診断し湿布薬などを処方した。しかし何時までも痛みが消えない父親は、掛かり付け医にまた痛みを訴えた。掛かり付け医は、また同じように湿布薬を処方した。

骨折などを疑い専門医を紹介されることもなかった。

たまたま実家を訪れた私は不審に思い、整形外科医を受診させた。骨折と診断された。私が掛かり付け医に誤審を質《ただ》すと、「このような骨折の判断はとても難しいから」と悪びれることもなく、言ってのけた。

医師という専門家を装い自らを頼りに訪れる患者を糧に生き、自信に欠けることをその道の専門医に照会することさえしない強い縄張り根性には驚かされた。

なんと姑息《こそく》な存在なのだろうかと思ったが、医師とは言え所詮商売人。

医師はこの時、骨折程度のことと思ったのだろうし、幸い直接大事には至らなかったとはいえ、後々考えると、これ以降、父親の行動範囲は明らかに狭まったのだった。

そして私には、この出来事がこれ以降の父親の寿命を縮めてしまった、という後悔を残した。

医師には、医療従事者としてのプライドと見識を持って、患者一人ひとりと対峙して欲しいものである。

医師によるこんなことは、頻繁に起きている、と私は推察する。しかし、専門職としての特権意識の下で、大部分は糊塗《こと》されている、と私は思う。

そして私はそんな彼等に貶《おとし》められた。

3　支配する看護

脳幹梗塞は治療が開始されても1週間は、麻痺がどのように進行するのか分からないという。

どう構えて待つか？　そんなこと分かるわけがない！

昨年の経験が役立つわけもなく、却ってそれが私の不安を大きくした。

私は無抵抗で、しかも無防備で麻痺の収束を待つしかなかった。

私は何も出来なかった。

私は、私を貶《おとし》めた病院組織に、自らの看護一切を委ねるしかなかった。

病状は徐々にジワジワと進み、全身を覆い、起き上がることも出来なくなり、次々と機能を停止に追いやった。

腕や脚が動かなくなり、手足もピクリとも動かない、排泄に至っては、病院の〝決めごと〟によって処理された。

やがて私は声すら出せなくなり、意志を伝えることも、表現することの手段も失ってしまった。

それが痛かろうが、苦しかろうが、この病院の看護に頼ることしか出来なかった。

ただ、そこで起こることを受け入れるしかなかった。悔しかった。

夜、眠りを促される消灯が恨めしかった。

まるで死を促されるようで、なかなか寝付けなかった。

私の体は、そこに転がされた物、そんな感覚でしかなかった。

病院の看護の仕組みに頼るしかない私、完全看護の日常に埋没していくしかなかった。

そんな看護師の世界は想像と異なり私の不安を増幅させた。

◆不協和音

症状の重い私のいる病室は、ナースステーションのすぐそばだった。

私のいるそこは、とても異質な空間だった。

私は全身麻痺となり、あらゆる機能が麻痺に侵《おか》されたが、何故か聴覚だけは、鋭く磨き上げられていた。

そして自分では何も出来ない私の耳は、ナースステーションから響く物音に集中した。ナースステーションから聞こえる音や声は、日々刻々と微妙な雰囲気の変化を私に届けた。

早番、遅番、日勤、夜勤のローテーションや、看護師の組み合わせによって、ナースステーションの騒《ざわ》めきや雰囲気は、そこに居る看護師達によって、微妙な違いを醸《かも》し出した。

夜勤時間帯や休日でひとが少ない時など、特にハッキリとそれが伝わって来た。

私の鋭く磨かれた聴力に気付くひとは、おそらくいなかっただろう。

ただそこに転がされた麻痺で何も出来ない患者のひとり、何も出来ない私は、何の感情すら持ち合わせないとでも思われたのだろう。

周囲は、話すことの出来ないこの患者に、何も聞こえていないという誤解を持ったようだった。

私に対するその先入観は、私を馬鹿にしたり、舌打ちしたりしてみせた。

そればかりでなく、私が思考力や理解力も失い、痛みさえも感じない〝もの〟のように扱い、私の人格を傷つけた。

仕事上の、医師との確執、看護師同士の確執も伝わって来た。

仕事上どこにでもある姿だが、仕事の進め方、患者への対応等、日々揉め事は絶えないようだった。

実際、私に関わる二人の脳神経外科の医師の評判はすこぶる悪かった。

看護師達は私のベッドに掲示された主治医の名前を見て、

「見て、このひとアイツが主治医よ！　可哀想、アイツが担当じゃ大変だわ！」

どうやら、私の主治医についての話のようだった。

そんな話を病室で平気でする看護師さえいた。

患者に寄り添い、きめ細かな対応を心掛けるタイプの看護師には、面倒臭い場所のようだった。

患者として聞きたくないことばかりだった。

少なくとも白衣の天使など住み着く場所とは思えなかった。

◆鬼と夜叉

病院の看護師に、物語のナイチンゲールや白衣の天使をイメージしてはいけなかった。

看護師には、鬼や夜叉がいた。

鬼は乱暴者だった。そのガサツでデリカシーの無さは、たびたび言葉でも周囲を傷つけた。

鬼族には自分が鬼だとの自覚がないのだった。だから、鬼族はその姿を隠さなかった。

鬼はそもそもＤＮＡが鬼だった。だから性格など直しようもなかった。

夜叉は病んでいた。病んだ心を美しく装っていた。そして狡猾だった。

夜叉は、医師や同僚、面会者の前では、美しい看護師を装ってソツなく振舞った。

体も動かせない、声も出せない私の前では、夜叉に豹変した。

夜、勢いよくカーテンを開け、乱暴に毛布を剝ぎ取り、体交クッションを乱暴に入れ替えるのはいつも夜叉の仕業だった。夜叉は絶対服従を私に求めているようだった。

夜叉と鬼の乱暴な振舞いは、清拭《せいしき》や摘便《てきべん》、食事の介助でも無防備な私に攻撃を加えた。

驚いて目を開けると、その顔は紛れもなく夜叉であり鬼だった。

夜叉は日中、影を潜めたが、夜、紛れもなく夜叉となった。

鬼は昼間でも誰の前でも、平気で鬼の素顔を晒《さら》した。

食事の介助をする鬼は私に乱暴に食事を振舞った。

介助を早く済ませようと一口、口に押し入れ、スプーンに次の一口を用意して私を睨む。

さあ喰えと手元を揺らし、早くしろとその唇は呟く。

私はその形相に早く飲み込もうと急いだ。

喉に詰まらせ思い切り咳き込んでしまう。

介助の鬼は、赤鬼となり声を荒げ、自分に飛び散った食物を大袈裟に振り払う。私はどうすることも出来ず、怖々《こわごわ》と鬼の顔を盗み見ることしか出来なかった。私は鬼に抵抗する手段を持たなかった。

それ以上の攻撃を避けようと鬼に阿《おもね》る自分がいた。


悔しかった。肩をすぼめ鬼の顔色を窺いながら毎日を過ごす卑屈な自分が許せなかった。何をされても敢然と生きる勇気が湧いてこなかった。

人格さえ破壊しようとする鬼や夜叉は許せなかった。心底憎いと思った。

◆スローテンポ

急性期を過ごした病室は、病状が重い患者が多いせいか看護師が頻繁に出入りした。

その中にどうしても他の看護師とは、仕事のリズムが違う看護師がいた。

時に仲間内でなじられたりもした。とにかく周りとテンポが違うのである。

手際よく次々と仕事をこなす看護師の中で、一際《ひときわ》手際が悪く心配になってしまうほど動作が緩慢な看護師だった。と言っても、間違いを冒すようなことはなかった。

しかし私にとって、意志の通わない物みたいな体には、そのスローなテンポが有難かった。

時に力自慢の介護福祉士に力任せのオムツ替えなどをされるよりずっと良かった。

脳梗塞でダメージを受けた私の三半規管は、強引な体交や乱暴なオムツ替えに遭うと脳ミソが疼《うず》き、激しい嘔吐が襲うのだった。

その点、ゆっくりと静かに扱ってくれる彼女のテンポは、とても丁寧で心地よかった。

私が上長だったら、許せないと思うような仕事ぶりだが、患者によっては、効率の良さなどを求める看護や介護より、それが最高の看護だったりする有益な人材であることに気付かされた。

いつもこの看護師が来ればいいのに、と期待した。

でもそんな期待をすると、いつも鬼や夜叉が来た。

◆変化した感覚

治療が開始されて一週間、どんどん進行する麻痺に、周囲はあまり関心を持って診ていたようには思えなかった。

麻痺は全身に、視野や呼吸器にも及んでいたにもかかわらず、看護師をはじめとする周囲の関係者は、進行中の症状に対する配慮などしていたようには思えなかった。

声が出なくなっても、普通に話しかけて来るし、排泄機能も悶絶の苦しみを発するまで、気に掛ける様子がなかった。

大勢の患者に観察の目を向ける側の看護師と、私一人をきちんと一対一で対峙して診て欲しいという患者側の気持ちには大きな感情のズレがあることは確かだった。

麻痺が全身を覆った後も、私の麻痺の細かな状態を観察する様子はなかった。

だから巡回でも、麻痺の症状を慮《おもんぱか》った対応などなかった。

朝、看護師が「おはよう」と部屋に入り電気を点ける。

カーテンを開け、窓も開ける。

「今日は天気が良くて、風も爽やかよ、菊池さん」と顔色も見ずに私に話しかける。

別に悪いことではないが、私は、晴れた日の光も爽やかな風も苦痛になってしまっていた。

広く深くダメージを受けた私の五感は大きく変化し、爽やかな朝の風は、鋭く肌を突き刺し痛みさえ覚えたし、朝の明るい陽の光は、目を刺し、眩しくしか感じず目の奥に鈍い痛みを残した。

声が出ない私は訴えようがなかった。幾度も辛い朝を迎えなければならなかった。

変化した私の感覚など、一切関係なく無頓着に振舞うのだった。

他にもカルテにないだろう感覚の変化はいくつかあった。

特に味覚と食感の変化が激しかった。

味覚自体はそう敏感ではなくなっていたが、嫌いでもなかった食物が、近くにあるだけで吐き気をもよおしたり、昨日まで何とも思わなかった食材に、突然嫌悪感を抱いたりするのだった。

看護師には、これまでの経験上の常識に想像力をプラスして、常識に加えて欲しいと思った。

◆舞い降りた女神

些細なことだが、女神もいた。

朝起きて洗面も何も出来ない私は、いつも寝起きのまま食事を与えられた。

そんな私の顔を、温かいタオルで拭いてくれた看護師がいた。

朝起きてすぐウガイをさせてくれた看護師もいた。

普通、看護師、介護福祉士の定常的な仕事の中にこんなことはなかった。

夕食も終わり、後は寝るだけの私の部屋を覗いた看護師は、私の顔を見るなり、タオルを温め、顔を拭いてくれた。彼女の美意識に欠けるほど私の顔が汚れていたからか。

たったこれだけのことが、私の中に女神を生んだ。有難かった。

病院で過ごす日常の中で、優しいとかキツイとか、看護師、介護福祉士の個々の資質によるところだろうが、天使や女神を表出させ、鬼や夜叉さえ出没させた。

情緒的なことが大きく起因していると思うが、決まり事の多くは、結局、看護や介護〝する〟側のルールであり、〝される〟側との間には、明らかに「捩れ」が存在することは確かだった。

それが私には耐えられないことの方がずっと多かった。

私は無力だった。自分でやっていた身の回りのこと全部を、ある日を境に総てを他人《ひと》に委《ゆだ》ねた。

徐々にと言うのではなく、突然一切を任せることになった。

私は、寝返りさえ、自由にならない苛立ちの中にいた。

オムツを着け、ベッドに寝たきりで、排尿はベッド脇の袋へ、何一つできない。

つい数日前には、自分でやっていた身の回りのこと総てが出来ないジレンマの中にいた。

私は、突然の日常の変化に戸惑い、こんな事までという遠慮や羞恥心で居たたまれなかった。

看護師が次々とベッドを回り、毛布を捲《めく》り、ズボンを下げ、オムツを開き、清浄、体を左右に動かしながらオムツを交換する。

看護師は日常の業務のひとつを片付けただけかもしれない。

しかし、現状に慣れない私は、身を固く受け入れるしかなかった。同じ動作の中にも、見ただけでは分からない、優しさと労《いたわ》りを残す看護師もそこに居るには居るのだが。

しかし、虚しかった。ただ一日中、看護師や介護福祉士が処置した姿のままにそこに捨て置かれた。

同じ姿勢のまま、次の体交に訪れるまでの間、ただ仰向けに寝ているのは虚しく辛いことだった。

まるで感情を持ち合わせないもののように。何か考えても思っても埒《らち》があかなかった。

何も出来ない、何もすることが出来ない一日は長かった。同じ姿勢が辛くても、どこか痒《かゆ》いところがあっても、ただ同じ姿勢で横になっているしかなかった。辛く長い毎日だった。

妻は毎日のように面会に訪れてくれた。訪れる度に私の病状への理解を深めた。

私の聴力が敏感になっていることに気付き、穏やかな声で私宛の携帯メールを読み聞かせ、私の口の動きを見ながらメールを返してくれた。

夕食の時間までいるときは、鬼に変わって食事の介助も妻がしてくれた。
面会時間の終る頃、「今日の夜勤です」と夜叉が現れた。
妻が言う、「夜勤の看護師さん、綺麗で良かったわね」
「そろそろ帰るわね」妻が帰った。

絶望的な夜が始まった。
深夜の病棟の通路の奥は、医療界の不条理の巣窟、鬼や夜叉、様々な仇《あだ》を操る妖怪が跋扈する不正義の世界への扉があるように思われた。

4　回復期病院

回復期病院への転院は２０１６年４月15日に実現した。

私は、Ｓ病院のベッドの上で全く動かなくなった体を持て余し、病室の天井を見ながら、意志の力を全身に、両手足に、両手指に繋がる神経腺維に送り続けた。頭に集まる血流が膨張するほどの力を込めて。

健康な肉体《からだ》ならば、気力は腹に集中し、そこを起点に全身に力が伝わるはずなのに、足場になるはずの腹筋の手応えなど薄い雲ほどもなく空を擦り抜けた。

何日も続けるうちに、ピクリと反応した手を動く範囲で動かし続け、全く意志の通じない足にも、意志を伝え続けた。

転院時、手はナースコールを握り、押すことが可能になっていた。

全身麻痺となった体だったが、昨年のリハビリを振り返り、ここの療法士達と一緒に努力すれば、きっと歩ける、きっと何とかなる、漠然とした期待を持っていた。

Ｋ病院の豊富な臨床例と熟練の療法士達の技量によって、こんな重い症状でも５カ月１５０日もあれば、回復への目途《めど》が付けられると思っていた。

◆出迎えたのは鬼

Ｋ病院の出迎えは思いもかけず衝撃的なものだった。

受付で入院手続きをする妻、その横でストレッチャーに寝かされている私、突然「菊池さん？」と得体のしれない看護服姿の落ち武者風の女が声をかけてきた。

驚き声も出ない私、凝視する落ち武者、再び「菊池さん？」、私が頷いて見せると、入院時の検査を、とストレッチャーを検査室へ。

慌てて妻が「それは介護タクシーのストレッチャーですよ」

看護師「ちょっと貸して」と検査室へ入った。申し送り状を読んでいないのか、全介助の私にＣＴスキャンの検査台に乗れと言う。言葉が出ない私に「しゃべれないの？」「動けないの？」介助を呼ぶわけでもなく、検査技師と二人で掛け声もなく、強引にストレッチャーから検査台へ引きずり落とした。

不自然な姿勢のまま、容赦なく私の体を強引に検査台に乗せ、ＣＴとレントゲンの撮影をする。

いつも思うのだが、病院の検査技師というのは概して患者の扱いがぞんざいである。検査という目的のためなら、私のような全身麻痺で、体が満足に動かない患者にも無理な姿勢を強要する。この時も看護師と検査技師のふたりは、体が軋《きし》み辛い姿勢を私に強いた。

挙句、呼吸の浅い私に「大きく息を吸って、止める！」と。

息も詰まるような衝撃だった。麻痺の体の上に残された衝撃は、分厚いカサブタのように体を覆った。

このカサブタのように覆った痛みは、2週間ほど身体を動かす度に続いた。

鬼の所業！　私はこの入院中ずっとこの落ち武者に悩まされ続けた。

そういえばこの病院、昨年の入院では、療法士との関係は深かったが、看護師との接点は意外なほど少なく、名前すら2〜3人の記憶しかない。どんな看護が行われたかほとんど記憶になかった。

◆リハビリの始まる前に

療法士達は私の全身にわたる麻痺にどうアプローチするのか。

リハビリは、すぐ開始されたわけではなかった。

何から何まで全てに介助が必要な私は、ベッドが身体に負担が少ないエアマットに交換され、身体にかかる体圧が測定された。

自重のかかる箇所を調べ、体圧がかかる箇所はクッションなどを利用して重さを逃がし、床ずれ対策が施された。体重が偏ることのない、無理のない姿勢で横になる姿を写真に撮り、左右の体位交換姿勢の写真をベッドの頭上に掲示した。


ベッドに仰向けに寝た自分の姿は、まるで展示標本、効率のよい看護のためとはいえ、処刑場に晒された罪人のようで私の気持ちは晴れなかった。

ベッドの頭上に掲示された写真を見た私は、無性に寂しく寒々とした気持ちに包まれた。

そこに看護師は紙に書いた針のないアナログ時計を持って現れ、体位交換をし、交換した時刻に洗濯バサミを挟み、電気スタンドに吊るした。巡回のたびにそれを見た看護師は2時間以上経っていれば体位交換し、交換した時刻に洗濯バサミを挟み直した。

リハビリ担当が現れリクライニング車椅子を調整、私の移動用に準備した。

次に、ベッドに横になっている私を抱き起こし、抱き抱えながらリクライニング車椅子に乗せて、リハビリ室に移動した。

そうして、私を窓際のベッドに仰向けに寝かせると、上半身、下半身をベッドに付いているベルトで固定した。

まず初めに、私の血圧の測定をする。

真っ直ぐ横に寝たままの姿勢で、ベッドのスイッチを押すと、ベッドは徐々に斜めに上がり始めた。

ベッドが30度ぐらい斜めに上がったところで、再び血圧を測定する。

血圧に異常がないことを確認しながら、繰り返しベッドを上げ続ける、すると60度を超えたあたりで血圧は急速に下がった。意識が朦朧として来る。

リハビリ担当はベッドの角度を戻した。何回か繰り返したが、70度を超えることはなかった。

私の身体は、普通にリハビリを続けられる状態でなかったのだった。

始まったリハビリに「さあ、始めるぞ！」と意気込んで臨んだ私の心は、落胆の連続に沈んだ。

リハビリは1週間ほどベッドの上で、固まり切っている体を揉《も》み解《ほぐ》したり、手足の曲げ伸ばしを繰り返した。

私は昨年を振り返りながら刺激の効果を探し続けた。

感じないのである。昨年感じた体の芯に迫って来るようなあの感覚を、全然感じることが出来ないのである。翌日も、翌々日も……。

無感覚である。脚には強烈な刺激を施されているはずなのに、まるで神経がないかのように引っ掛かりがない、どこかに刺激が引っ掛かり、そこから反動で蹴り上げる活力が生まれてもいいはずなのに、私の脚の表面はカサカサに乾いた人体標本の脚のようであった。

急いで臨んだ回復期病院のリハビリ、期待して挑んだ療法士達のリハビリだったはずなのに、私の身体は分厚い麻痺の壁に覆われ、乾ききったミイラの身体のように一滴の血も流れていない再生不能な体になってしまったかのようだった。

果たしてリハビリは、もう手遅れなのか？　回復機会を失ってしまったのか？

私の麻痺に切っ掛けさえ与えることが出来ないのだもの……。

◆リハビリには日常の支援が

私は寝たきりだった。本当に何も出来なかった。リハビリ以前に日常を支える支援が必要だった。

同じリハビリを託した回復期病院だが、昨年はほとんど意識せず過ごした介護、看護スタッフに100％日常を委ねなければリハビリは維持出来なかった。

私の日常を支え、途切れることなくリハビリへの意欲を保ち続けられるのには、看護師や介護福祉士の介助、看護がなければ不可能だった。

去年の私は入院初期こそ、車椅子に乗る時、入浴の時の見守りやインスリン(註)注射の手伝いなどが必要だったが、特別に意識することもない普通の病院の風景として受け止めていた。

身の回りのこと、着替えや洗面などほとんどが自分でこなせた。

再発の今年、身体が重篤な麻痺を抱えるようになり、初めて看護や介護に、その必要性と重要性を思い知らされた。

私はこの補助や助けがなければ水の一杯も飲めなければ、ナースコールを手にすることも出来ないのだった。

リハビリの合間には、介護福祉士、看護師による清拭や摘便、入浴や着替えなど私の体調維持のためあらゆる支援が必要だった。

中でも私にとって、消えていなくなりたいと思えるほどの出来事、彼女達の夜を徹しての対応に、こんなことまで、と頭が下がる出来事があった。

入院数カ月後の消灯前に起きた突然の下痢、私は一晩中ナースコールを押し続け、この夜の夜勤当番を独占し続けた。

彼女達は嫌な顔もせず、苦痛に情けなくもナースコールを押さざるを得ない私を慰め、仮眠の時間も惜しまず、何度も何度もオムツ交換やシーツ交換、着替えを繰り返してくれたのだった。

交換してもすぐ汚すオムツ、少しでも不快な気持ちにさせまいと、またすぐ汚してしまうにもかかわらず新しく交換してくれた。自制出来ない自分、情けないというより、体がこんなにまでなってしまっていることに悲しむしかなかった。

何が原因だったのか、分からなかった。食べ物などであるはずがなかった。ここは病院なのだもの。

3日ばかり点滴で過ごした。部屋には消毒が施された。

尿路感染症（註）か？　私はバルーンカテーテルを装着している。リスクは高かった。

いずれにせよ、リハビリ以前に私を維持するためには欠かせない存在であった。

◆リハビリの開始

身体の慣らしを始めて一週間もすると、リハビリでは血圧を測りながら、担当が私を抱き起こし、ベッドから足を下ろし支えながらベッドに座らせ、私の脇の下に頭を入れて私を抱え上げた。

それから担当は、歩くイメージで私を数歩横に動かす、そんな運動を病室内で行ったり来たり、繰り返し行った。

意志を持たない私の脚は、動かされるまま垂れ下がり、ブラブラと揺れるだけで、繋がりのない糸の切れたマリオネットの脚のように、不規則に動く木製部品のようだった。

私の意志は脚に全く届かなかった。

更に治療は毎日続けられるのだが、その治療に、私の体はついていけなかった。

リハビリに耐えられなかったのだ。1時間の治療の40分を過ぎた頃になると、時計が気になった。

あれほど望んでいたリハビリが、たった60分のリハビリが辛くて、早く終わらないかと時計を覗くのだった。

ベッドに寝ているばかりの私の体は、動けないだけではなく、脳梗塞の麻痺と相まって各部位、関節部が相当硬くなっていた。

療法士が、各部位の関節を普通に曲げ伸ばしするのさえギシギシと軋《きし》み、相当な痛みを伴った。

療法士達は、そんな錆びついてギシギシと音が鳴るような私の身体の関節という関節を解しにかかった。硬くなった手や脚の関節はもちろん、柔軟性を失った背骨や肩の関節、これが治療かと思うほどの痛みが迫り、自然と涙が滲んだ。

本来曲がらなくてはいけない方向に力を加えているだけなのに、そこここの関節がギシギシと悲鳴を上げる。

体中の関節という関節がバラバラになりそうなほどの痛みに、呻《うめ》き声が漏れ、口から泡を吹き失神しそうである。

しかし、笑うしかないほどの痛みが通り過ぎると、滲み出た涙と一緒に関節に少し弛みが出来た。

少し緩みの出た関節を研修生の手も借りて、繰り返し、繰り返し施術を施す。

節々が硬くて、曲がらなくてはならない関節なのに、施術台に座らされた体は、たちまちグンニャリと崩れてしまう。研修生の手も借りて、二人掛かりでなければ姿勢さえ保てないのだった。

リハビリは、私のすっかり壊れてしまった身体のひとつひとつを、少しずつ少しずつ創り直すような作業だった。

毎日毎日、同じことが地道に続けられた。

果たして効果が出ているのかどうか、実感出来ない。

イライラするストレスの募る毎日、私が最も苦手な地道な作業の繰り返し、何らかの成果が欲しかった。

少々乱暴でも、強引でも構わない、一気に解決出来るような手法はないものだろうか？

麻痺によって筋力も体力も失ってしまった私は、持久力を付けるため、ベッドに横になるだけの身体をリクライニング車椅子に乗せてもらい、そのまま30分、それが限界だった、たったそれだけで音を上げるのだった。

回復への道程に近道はなかった。驚くほど変化のない退屈でマンネリとも思えるリハビリが毎日続いた。でもそれが私には精一杯だった。

それでも私は、リハビリがなくベッドにただ横になっている時間、動かない足に動くんだ、と一日中毎日、自分の意志を伝え続けた。

体の脇にダラリと置かれた僅《わず》かに動く手を、シーツの上に擦《こす》り付けるように微《かす》かに上下に動かし続けた。

目に見える効果がすぐ現れるわけはなかった。不毛な努力のように感じたが入院期間中ずっと続けた。

療法士によるリハビリの時間以外、誰にも頼らず自分ひとりで出来るリハビリはこれぐらいしか思いつかなかった。


毎日続けた。続ける内に眠りに落ちてしまう。それでも続ける。

続けた効果は少しずつ現れた。手のふり幅は数ミリが10センチを超えた。

三カ月もすると足の指が反応し、やがて足指が上下に動いたのが分かった。


リハビリの基本は、療法士が私を抱え私を立たせて歩く動作、硬い身体を徹底して揉み解し柔軟性を持たせること、僅かに柔らかくなった体を自走式に換えた車椅子に乗せて漕ぎ、体幹の強化を図る、この三つのメニューを組み合わせて行った。


車椅子の練習は過酷だった。

丹念に何カ月もかけて整えた体を車椅子に乗せ、少しでも推進力をつけようと上体を微かに前後に動かそうとする。しかし思ったイメージに体が動かない、5分もすると臀部が擦れて痛みが生じてしまう。

車椅子を漕ぐことは全身運動だった。漕ぐと言っても常人が漕ぐようには、とてもじゃないが漕げなかった。そもそも硬くてどうしようもない私の身体は、車椅子に座るとグンニャリとして姿勢が保てない、座り続けることさえ危なっかしいものだった。

胸を張り後ろに反らし、前に思いっきり上体を屈め、手で力いっぱい車輪を後ろに押しやる。

それが常人の漕ぎ方だが、私のそれは、上体が前後に動きもせず、手が触れた程度の車輪は数センチ動いたかどうかだった。呼吸も続かなかった。


身体に軸がなく体を使った動きが出来ないので、指が車輪に触れた程度しか進まない。その程度である。

五カ月が経過し、退院する頃に、やっと20分もかけて50m進んだ。

車椅子が進むには体全体、体幹の強さが何より大切な要素だった。私の身体は、五カ月かけてここまで辿り着くのが精一杯だった。


私にはもうひとつ大きな問題があった。

私は日常的に呼吸が苦しかった。

吸い込む息はほんの少し、肺活量は極端に少なくなっていた。溺れもがいた挙句の一瞬、水面の空気を慌てて吸い込み、水と一緒に飲み込む程の息。脳梗塞による全身を覆う麻痺は、横隔膜など胸筋も収縮させ、狭まった肋骨が肺を強く圧迫していた。

言葉を一音しか吐き出せないのも、一息が小さく力を込められないのも、この小さくなった肺呼吸に起因していた。

この呼吸、発声、発音、嚥下、咀嚼、構音障害、感情失禁のリハビリはＳＴ（言語聴覚療法士）の領域だった。

構音障害や感情失禁は、ＯＴやＰＴのリハビリをも大いに妨げた。

何の前兆もなく、時と場合もわきまえず突然、喉の奥から引き攣り笑いを伴いながら現れ、筋肉を硬直させ、療法士が二人掛かりで抑え込むことも出来ない不随意筋の収縮が発現する。

自分でも想起出来ない記憶や事象が脳裏を横切った瞬間、突然、ひとを突き飛ばすほどの力を発散してしまう。それがちょっとした思い出し笑いでも発現した。

ちょっと面白いことを話そうなどとすると、話す前から引き付け笑いになってしまうのだった。

食事中なら、誤飲、誤嚥を起こしかねないし、ムセたら口中の飲食物で辺り一面を汚してしまう。

そうかと思えば、訳もなく笑ったり、涙が流れてしまうのだった。

突然頭を過《よぎ》る過去の出来事、それが当時は可笑しくも悲しくもなかった出来事なのに、感情が露出してしまうのだった。

テレビドラマのクライマックスなどに差し掛かると他愛もなく涙がボロボロで恥ずかしいほどだった。

それを知らないひとには、不審感を抱かせるし、不愉快にさせてしまうのだった。

K病院に転院当初の私は、目標を三つ上げた。

ひとりでトイレが使えるようになること
ひとりで車椅子に乗れるようになること
ひとりで食事が出来るようになること

ところが、数カ月を経過しても、それが何ひとつ出来そうになかった。

再発した脳幹梗塞の症状は、素人の私の考えなど及びもつかないほど、あらゆる機能に重く圧《の》し掛かり、深く浸透してしまっていた。

いくら努力してみても、私の症状は、去年のスタートラインさえ見せてくれなかった。当初、療法士に、どれぐらいで歩けるようになるかと尋ねた時、返事がなかった意味が分かった。


私の体は、全く動かなかったが、感覚は研ぎ澄まされ、去年感じた以上に療法士の技量の巧拙を敏感に受け止めた。

◆療法士達

■ST（言語聴覚療法士）

私の担当STは、治療に際し、全くと言っていいほどコミュニケーションが取れなかった。

また、治療と言えば、キューブ状の小さな氷を口の中で融かし、飲み込みの練習をする程度だった。

おおよそ何をしようとしているのか私にも分かるが、障害に立ち向かおうとしている私と意識がかみ合わなかった。私が上手く話せないこともあるが、コミュニケーションを取ろうにも難しかった。

それにこの担当STはよく休んだ。突然休むのでフォローの手配もなかった。

勤務態度もよろしくなかった。私のリハビリ時間に5分遅れて来て、5分早く終了した。

むしろフォローの担当の方が、よほど気が利いていた。

私のリハビリ時間は無駄に消費されてしまった。

■OT（作業療法士）
最初私の担当OTは女性だった。私は自分との体格の差、麻痺の深刻さからこの配剤を訝《いぶか》しく思った。まもなく担当が替わった。

新しい担当は驚くほど毎日正確にルーティンを繰り返した。私がもっと強い刺激をと思うほど。

しかし、私の麻痺に覆われた身体は、強い刺激的な治療よりそんな地道な治療こそ必要だった。

一気に急激に回復が図れる方法などなかった。徐々に少しずつやるしかなかった。

療法士の意図は十分理解出来た。

そんな中、フォローで来た療法士に、触診の手が触れているのかさえ全く分からない施術を繰り返す療法士がいた。それが技法では有り得なかった。

経歴は長そうだが全然自信がない触診だった。許せなかった。

リハビリ効果など全然期待出来ない、こんな療法士の存在を許す病院の療法士に対する能力評価に強い疑いを持った。


自分で作ったリハビリ用具を私に装着し、リハビリを効果的に進める療法士がいた。私は車椅子の車輪を廻す時、すぐ手指が痙縮し固まって継続が難しかった。そんな私に彼は硬くなった手指を戻り易く細工した手袋を装着させた。車輪を廻す手が楽になった。病院としてこれを共有すればいいのに！　私は思った、これを商品化すれば、多分売れる！

■ＰＴ（理学療法士）

担当ＰＴ、フォロー担当と研修生が加わり、ともすれば深刻な麻痺と辛いリハビリを、この三人は絶えず明るいムードを醸し出し、リードしてくれた。真面目だけが好きではない私の沈みがちな気持ちを温かく慰めてくれた。

能書きが先行する療法士がいた。少々喧《やかま》しかった。もっと手を動かして欲しかった。

どうせ言う能書きなら私の症状に照らした臨床経験を話して欲しかった。腕はいいのだから。

また、能書きだけの療法士もいた。

技量が劣ることを自覚して、それを能書きで隠そうとする療法士がいた。

もっと自信を持って腕を振るって欲しかった。

■新人療法士

妙に生意気な新人療法士がいた。入職して1~2カ月、こんな新米療法士でも私のリハビリ時間を一律に消化した。私は苛立った。何を勘違いしたのか療法士になったことを誇らし気に語った。

誇ることが悪いとは思わないが、10年も経験したような患者への物言い、伴わない力量に腹が立った。彼は私を車椅子へ移乗することも満足に出来なかった。

3月の国家試験に受かったばかりの新人を、基本的教育もせず、先輩も同行せずに患者の治療に当たらせるなんて、せめて半年ぐらいはひとりでフィールドに立たせるべきではない、と思わずにはいられなかった。

麻痺の重さに対し少なすぎる時間、私の貴重なリハビリを邪魔しないように言った。私の時間からこの新人を除外してもらった。

また、自分の新人としての力量をわきまえ、患者を真っ直ぐに捉《とら》えて挑んでくる若者がいた。

頑張れよ、とエールを送りたくなった。


私は治療を受け効果を感じた療法士に、その技量にかかわらず、熱意を感じた。療法士としての仕事の矜持とでもいうような誇りを感じた。医療従事者として患者の痛みを当事者として捉えて治療にあたる姿を見た。

ところが、それが全く感じられない療法士もいた。

一定の力量は感じられる。しかし一定のところから踏み込んで来てくれない。症状を共有して貰えない歯痒《はがゆ》さを感じた。患者に対する熱意を感じなかった。私のこの仕事は、生活の糧とでもいうような、割り切った冷たさを感じた。給料分はここまで、それ以上は貰っていません、とでも言うように。

◆回復期病院への不審

私は全身に麻痺を抱え、昨年世話になり、復活を遂げたこの回復期病院の優れた技量を持つ療法士達を期待して、今年訪れた。

しかし、期待は裏切られた。技量は一定レベルの期待値が保たれてなかった。それればかりか療法士の中には、同じ医療従事者の医師や看護師には備わっている、医療従事者としての責任も備わっていない者もいた。

能力ランク(註)をきちんと定めた能力管理や基本的教育がなされていないことを窺わせた。

私は、私に施術を施す療法士の技量や資質を一人ひとり値踏みした。療法士には、患者からその技量や資質を評価されているなどと、考えながら施術をする者などいないようだった。

私の思うところ、新人でもベテランでも時間当たり稼ぐ診療費は同じだろう。ならば新人の方が病院にとって都合がいいのだろう。

だから患者により良い技量を提供しようという意気込みを感じることはなかった。所詮、年功序列の人事管理の弊害だろうと強く感じさせた。

療法士達よ！　早く自らの手で、療法士の知名度、認知度を高め、早く自分達で誇りあるポジションを築かないと、医療崩壊も近い。

私は絶えず１５０人以上の患者を抱えるリハビリテーション病院なら、当然私のように重篤な麻痺を抱える患者だっているだろうと思った、そんな治療例があってもおかしくない。

そんなサンプルを教えて欲しかった。指針として役立てたかった。それが不満だったし治療方針が一度も聞けなかったことに大きな不満が残った。

主治医は、臨床の場に全く姿を見せなかった。

なかなか回復を自覚出来ないまま、リハビリの所定期間は、忽《たちま》ち過ぎ去った。

5　選択と決断

入院3カ月ともなると、主治医から退院後のことについての考えを求められた。

入院当初からそれは言われていた。この時改めて問われたのだった。

入院期間は5カ月、150日間と決まっていた。

回復は想定を超えて進まなかった。退院しても自立して出来ることは見当たらなかった。

昨年、期間満了で図らずも介護施設への入所を選択した人たちの姿が頭に浮かんだ。

胸が潰れそうだった。それを選択したくなかった。

医師は最初からそんな見立てを持っていたのだろう。今まで大勢の患者を見て来たはずである。

入院期間は私に自分に関わる麻痺の厳しさと、行く末の生活の覚悟を考えさせるためだった、と思わせた。

私はリハビリを諦め切れなかった。

駄目を承知で入院の延長を望んだ。保険診療が無理ならば、自費診療をと打診した。

私が望むのは、このまま回復期病院で看護・介護を受けながら麻痺の回復目途がつくまでリハビリ治療を続けることだった。

しかし、私にその選択肢はなかった。抵抗し難い決まり事だった。


私にとって介護施設は、私の回復意欲を継続して満たす場所ではなかった。

父親の介護に奔走した時期、大いに悩んだ。これでいいのか、こんな施設が父親にとって本当にいいのか、と。それが今度は自分の番だった。どんな施設があるのか調べにかかった。紛れもなく自分のために。


施設のタイプがたくさんあるのには驚かされた。

しかし、前提に自分を置くと、数は限られた。今は介護判定中だが、私の状態は、どうしたって要介護5以外は有り得なかった。しかも自立出来ることは何もない。入所条件で一番介助の必要なランクだった。

そこでの生活の様子を想ってみるだけで胸が締め付けられた。

回復期病院では、治療と言う名のリハビリ、体力の回復、向上という手当てが、看護・介護が行き届いた中で行われていた。

介護施設では治療は行わない。体の不自由な年寄りや障害者が、介護福祉士の援助を請けて生活を送る福祉施設なのであった。だからリハビリは、お年寄りの体力を維持するための優しい手段だった。体力、機能向上を狙うアグレッシブなものは必要なかった。

恒常的にリハビリが出来るオプションでもあれば人気の施設になるだろうに、そんな施設はなかった。

私は退院しても、自立した生活が出来るまで挑戦的なリハビリを続けたかった。

私の体はリハビリを続けなければすぐに機能が低下してしまう、だからリハビリを続けたかった。


世間を騒がす介護施設での事件や事故の当事者になる自分が、すぐそこに居た。

何も自立出来ず、食事も排泄も入浴も全介助の自分、自尊心の高さだけは一人前の私。

介助者との衝突はすぐにでも起きるであろう。

介護施設では、入所者3人に対して介護福祉士1名が基本だが、日夜その体制が維持されているわけではなかった。私のような障害の重い入所者は、食事にしろ、排泄や入浴でも介助の手数がかかる面倒な存在である。勢い流れ作業で手早く片付けようとする介助者にとって丁寧さに構ってはいられない。

ゆっくり咀嚼し呑み込みを確認するより、とろみを十分施した食事形態へと食物を変えられ、私の咀嚼や呑み込みの能力は低下するだろう。一事が万事、そんな方向に進み、やがて私は……。

また、反発し大声を上げたり、オムツ交換を嫌がったりすれば、それを理由に拘束だってされかねない。

今の制度では介護施設の経営基盤なんて、そんなに豊かではないことは私でも簡単に想像出来た。

効率の良い介護が求められるのは当然。そこでは心地良い介護を心掛ける介護福祉士より、力自慢で多少荒っぽくても仕事が早い介護福祉士が重宝がられる。この病院にもそんな介護福祉士が数人いる。

私はそんな介護福祉士にかかると体が大きく揺られ、忽ち吐き気に見舞われ、その日一日中嘔吐感が去らないのだった。そんな介護福祉士でも入浴の介助などで力を発揮すると、看護師などにもてはやされ、晴れがましい顔を見せるのだった。

私はそれより１００の力を60程度に抑え、余裕を持ったオムツ替えをして欲しかったし、ひとりで強引に扱われるより、ふたりでゆとりある対応をして欲しかった。

　力のある介護福祉士は必要だが、力自慢は必要なかった。

　医療と福祉の狭間に私は立たされていた。両者の間にある事業格差、その差は大きく感じた。

　この狭間を埋める、医療と福祉の両方をサポートするサービスが欲しかった。

　介護福祉士には外国人労働者が多かった。なのに、日本人の有資格者の就業率は低かった。

　何故か？　国の福祉政策には、介護福祉事業を出来るだけ低いコストに抑えようという意図が透けて見えた。

　しかし、私達の人生の終盤を担ってくれ、最期に医療従事者と共に見守ってくれる人達の中には、必ず彼ら介護福祉士の姿があるのだ。介護福祉士の存在は、私達にとって、大切な誇らしい崇高なエキスパート職なのだ。お年寄りや障害者のオムツ交換や排泄や入浴の介助が汚い仕事か？

　あなたを清潔に保ち豊かな日常を提供してくれるのは彼等だ。

ところが、この国は介護福祉士不足を補うため、格安の労働力を求めて、大量の技能実習生を東南アジア三カ国に求めていた。この外国人研修生の育成に費やされる予算は、介護福祉士の処遇改善に当てるべき費用である。

予算を、この誇らしい職業に向け、その仕事に敬意を払えば、未就業のライセンス保有者の現場復帰を促し、介護福祉士という仕事の魅力も増すだろう。介護福祉士不足の即効薬となると思う。

素人の考えである。

日常の生活習慣、人情の機微、この国の生活に根差したコミュニケーションや言葉のギャップに悩む必要もなくなるだろう。特にお年寄りや障害者にはこの点が大きい。

しかし今、私が求める機能を持つ介護施設はどこにも見当たらなかった。

私の体はリハビリ以前に十分な介護や看護が必要だった。

時間がなかった。

私の体は、動けなくなったわけではなかった。今、動けないだけだった。

治療を続ければ必ず動けるように、歩けるようになるはずだった！

治療を諦めたわけでもなかった。治療機関がないわけでもなかった。

手立てがないわけではないのに、制度が私の利用を拒《こば》んだ。私の社会復帰を阻《はば》んだ。本来、症状の軽重、回復への意欲、想定余命などで入院期間を決めるべきなのに……。

自尊心や羞恥心は大人だが、1歳の赤子ほどのことも出来ないのだった。

寧ろ、体が大きいだけ扱いにくい存在だった。

考えあぐねて切羽詰《せっぱつ》まり、全然力の入らない腕に、せめて退院の日までに、頸《くび》を括《くく》る程度の力を付けようと、本気で考え始めた。

私は、この頃こんな事件を起こした。

リハビリになかなか見通しが得られないことに焦りを感じていた私は、夜中も眠れない日が続いた。

枕もとの明かりも消さず一点をじっと見続けている私に「どうしたの？　眠れないの？」巡回にきた看護師が訊いてきた。

「もう嫌になった。退院まで日数も限られているし、どうしたらいいのか……？」

私はこの時まで、鬱々《うつうつ》と考えていたことを吐き出しながら、溜め息をついた。

看護師「そうでもないよ。言葉もちゃんと聞き取れるようになってきているよ」

私「何にも出来ないよ。もうリハビリなんか……」と言ってナースコールのコードを首に当てて見せた。

「冗談は止めてよ！」看護師は出ていってしまった。

翌日、妻が主治医に呼び出された。私の部屋のナースコールのコードは短いものと取り換えられた。

妻が病室に来て「ここであんなことを言ったら、冗談では済まないわよ！」と私を叱った。

妻は冗談と決めつけたが、私には本音も幾分あったのも事実だ。

この日から精神安定剤が投薬に加えられた。

この日の私の看護日誌には『ヒモ注意！』と朱書きされた、と後日看護師が笑いながら教えてくれた。

こんな騒ぎを起こした頃、リハビリ中に療法士が呟いた一言が、私に新しい考えを持たせた。

「K病院は、週1回1時間、ご自宅を訪問して、リハビリを実施していますよ」と。

(調べると、介護保険では週１２０分利用できたが、まだ、この時のK病院の体勢は、週1回だった)

『知らなかった！　そんな制度があるのか！』

自宅でリハビリを続けるなんて！　そんなことは、考えてもみなかった。

訪問リハビリと聞いて、自宅療養をイメージした。

すぐ〝F〟の顔が浮かんだ。頼んでみようか？


でも出来るだろうか？　リハビリはともかく、基本的な体の維持が家で出来るのか？

バルーンカテーテルの交換、排泄の処理、入浴、体位交換、車椅子への移乗等々。

家には介護が必要な母もいる。


まず妻に聞いてみなければ、妻の同意がなければ、それ以上考えても仕方のないことなのだから……。

私ひとりで決められることではなかった。

恐る恐る妻に聞いた。

聞くまでに何日もかかった。逡巡した。私に結論など出なかった。

妻はあっさりと「あなたがそうしたいのなら、そして回復を目指すのなら……」と、細かいことは聞かなかった。決めたことには強情な私に諦めたようでもあった。

私は「自宅でリハビリを続けたい。1年、進展が見られなければ、施設でも何でも」と。

妻には、大きな負担を強いることになる。

しかし黙って私の話を聞いた妻は、次々と目の前の問題を片付け始めた。

一番の課題は家に居る介護の必要な母親、妻一人で二人の面倒を看るのは、無理だった。

妻は息子と介護施設を探し始めた。家からの距離、費用、住み心地などを考慮に2～3カ所の候補施設を探してきた。

しかし、母親が介護施設に入所するなんて承諾するだろうか。私自身が嫌った介護施設入りを。


同居してしばらくして80歳を過ぎた。初めての土地で話し相手もいない、外出の機会もない母親に週に一度でも、と気晴らしにデイサービスの利用を進めたことがあった。頑なに拒否する母親を2～3カ所の施設見学に連れ出し、お試し利用をさせてみた。

一日を過ごし帰宅した母親は、帰って来るなり鬼の形相で「金輪際《こんりんざい》ごめん被る！」と怒鳴ったのだった。利用施設に尋ねたが、特に変わりなく過ごしていた、とのことだった。

私は母親の性格から何となく分かるような気がした。何しろ気位が高く外面《そとづら》がいいのである。多分その性格からどうしても受け入れがたい事柄とか、入所者でもいたのだろう。

私は自分のためだけでなく、妻のために週一度の休みを与えてくれと頼んだ。

ただ居るだけで誰にも迷惑をかけていない、という母親をどうにか説き伏せてデイサービスに通い始めた母親だったが、今度は同郷の利用者が居たらしく笑顔で帰宅した。

そんな経緯《けいい》を持つ母親である。一筋縄でいくはずがない、憂鬱な気持ちで母親の答えを待っていたが、母親は施設入りを承諾した、という。

孫と嫁の話には乗らないわけにはいかなかったのだろう。

息子と妻が探してきた施設も渋々だろうが、妻と息子の言うことに従ってくれた。


私の排泄の処理の問題は、訪問看護士が依頼を受け入れてくれた。

入浴は、これも訪問入浴というサービスがあった。

日中はともかく夜間の体位交換の対策は？

多機能ベッドのエアマット、体位交換機能があり、タイマーで制御可能なタイプがあった。

車椅子の乗り降りはベッド付属のリフトがあった。これを利用することにした。

残った問題はバルーンカテーテルの交換だった。

看護師単独では医療行為としてやってはいけない、ということだった。医師が必要だった。

K病院でも外来でバルーン交換は、出来ないという。

この病院に入院している患者なのに、退院後のフォローはない、規則なのかどうか知らないが、納得できなかった。

幸い、訪問看護の依頼先から、訪問診療が紹介され、この問題は解決した。

表向きの用意は整ったが、実際に自宅療養を始めた場合の不安は、払拭出来なかった。

妻の理解が得られた、と言っても、病院のように24時間、いつでも何があっても対応するのは困難で、そのストレスに耐えられるのか。覚悟の上とはいえ、相当の負担であるはずだった。

私にしても、決まった曜日の決まった時間に浣腸を使うとはいえ、排泄が可能なのかなど、予測出来ないことが山ほどあった。自宅療養を自ら選んだとはいえ、拠り所のない不安が、胸をいつも窮屈に締め上げた。

私が〝訪問リハビリ〟と聞いた時、真っ先に浮かんだのはフリーランスの理学療法士〝F〟の存在であった。

通常では、リハビリ時間の確保は難しいが、私は再発前に、たまたま〝F〟という信頼できる療法士との知遇を得ていた。自宅リハビリという手段に飛びついたのは彼を知っていたからだった。

私の考えの後押しをしてくれるか、理学療法士の〝F〟と連絡を取った。

現在の状況を伝え、週4回、私の治療を引き受けてくれ、と。

週4回、訪問リハビリと併せて5回、5時間のリハビリ時間が確保出来れば、体の維持をしながら、更に少しずつでも回復へ望みを繋げられるだろう、と私は考え〝F〟に縋った。

本音はもっと時間が欲しかったが、〝F〟がどれくらい患者を抱えているか分からなかったし、私が急に沢山時間を取っても〝F〟の事業のリスクになると考えたからだった。現に私は再発で彼の治療を中断していた。

〝F〟からは最初、2回は出来るとの返事だった。案の定、相当患者を抱え忙しい雰囲気だったが、事情を察し、夜と休日のリハビリ時間を用意してくれた。私に、否やはなかった。

私の望むリハビリ時間は、何とか確保することが出来そうだった。

療法士は独立して、鍼灸師やマッサージ師のように看板は出せない。

療法士は医師の指示書の下《もと》、その病院で治療に従事することが出来るのだった。

しかし、今の仕組みでは回復期病院は、決められた日数が経過すると、期間満了で患者は放り出されてしまう。

リハビリ治療をもっと続けたい患者に、次の受け皿はなく、制度上、訪問リハビリが週に120分用意されているだけだった。

この程度では、私の体は維持するのがやっと、介護施設で過ごすのとあまり変わらない。

こんな窮屈な制度では、私のような患者の回復を救う手段はない。

〝幅広い知識〟〝豊富な臨床経験〟〝優れた技量〟を持つ選ばれた療法士が、街に看板を掲げることが出来るライセンス制度があれば、と強く思った。

また、療法士にも能力向上の動機付けとなり、技量の底上げになるだろう。

私は病院の療法士の能力格差に大いに戸惑い、大いに不満を抱いていた。

療法士の能力ランク（註）が明確であれば、そして優秀な療法士が金バッジでも付けていれば、病院で下手な療法士に出会うことも少なくなると思うのだが。

私は自宅療養を選択するに当たり、介護福祉士や療法士にもっと世間の需要の陽が当たり、制度とその処遇の改善や見直しが進むことを熱望する。

息子は、ベッドから車椅子への移乗を療法士から教わり、リフトの使い方も実際に私を乗せて、妻も交えて、療法士と何度も試した。

決して乗り心地のいいものではなく、辛く面倒臭いものだった。

また妻は排尿の処理やオムツ交換の指導を看護師から受けていた。

自宅に整えたベッドやリフトなどの備品確認を、レンタル業者、ケアマネージャーを交えて、療法士に同行してもらい、チェックしたりしている内に、忽ち時間は過ぎた。

かなり強引に、急いで自宅療養への準備を進めたが、そのほとんどは、妻によって行われた。

私は何も出来なかった。ただ妻に希望を伝えただけだった。

私と妻が様々な不安払拭のためケアマネージャーや相談員に尋ねたりしている頃、主治医は自宅療養について、妻にシニカルに言った。「大変ですよ。覚悟が必要です」

これを妻が私に伝えたのは、自宅療養に入って、大分過ぎてからだった。

２０１６年９月７日、Ｋ病院退院を迎えた。
オムツとバルーンカテーテルを付けたまま、寝たきり状態だった。
入院時、介助が必要だった食事はスプーンを少し使えたが、飲食物は、トロミ剤が当初の半分程度になっただけだった。構音障害と感情失禁、咀嚼、嚥下障害は未解決のままだった。

私がひとりで出来ることなど、何もなかった。
私は、十分なリハビリを続けるとか、自宅療養をするなどと意地を通しただけだったが、それに何も意見することもなく、淡々と準備を進めたのは妻だった。

後々気付くことだが、妻には何も逆らえなかった。すべてがその掌《たなごころ》の上だった。

その中で私は自宅療養に踏み切った。

6　葛藤

２０１６年９月７日、Ｋ病院を退院し自宅療養が始まった。

この日から、私の回復への意地と妻の心労が始まったのだった。


自宅療養は、思い通りになど進まなかった。


退院初日は、息子夫婦も一緒に過ごしてくれたので、順調な滑り出しに思えたが、妻と二人になると、なかなかそうはいかなかった。

車椅子への移乗が上手くできなかった。ベッドに付属した車椅子移乗用のリフトは、殊の外扱い難《にく》いもので妻一人の手では、扱いきれなかった。

リフトは一人で操作するには動きが不安定だった。

ぶら下げられた私を安定した位置になかなか着地させることが出来なかった。

結局リフトは、上手く使いこなせなかった。日常の使用を諦め、緊急避難用と割り切ることにした。

この車椅子を日常使わなくなったことは、この後の体幹の維持に、少なからず影響を及ぼしたのは言うまでもない。

しかし、この時はそれをあまり意識できなかった。

それに気付くのは、大分時間が経過してからだった。

これを機会に自分で意識もなく、全くの寝たきり生活が始まった。あれほど嫌っていた介護老人ホームのような毎日を送り始めたのである。

私は、リハビリの重要な要素を知らずに捨ててしまっていたのだった。

また、体交機能付きベッドも想像以上に膨らみが大きく窮屈だった。

体交機能の動作音も少し煩かった。寝心地もあまり良くなかったのでこれを諦めた。

エアマットとしてもリハビリには柔らか過ぎたので、周囲が少し硬い座り易いマットに取り換えた。

困ったことに、清拭を依頼した介護福祉士は、介護が必要なのではと思うような担当者が来た。

非力なので、私の体の負担は大きく、担当の交替を申し出ようと考えた。
しかし、私と一度面会してこの担当を派遣した事業者に対し、不審が拭えなかった。
解約することにした。

訪問入浴とはどんなだろう。看護師一人と介護福祉士の男女二人が現れ、ベッドの横にバスタブが組み立てられ駐車場に停めた車のボイラーから湯が引かれる。庭の水道からボイラーに給水され、バスタブの排水は風呂場へと。看護師によってバイタルの確認が済むと男性を真ん中に三人で私を湯船に。

入浴の間に一人はベッドのシーツ交換、手順良く進め、入浴が済むと撤収、この間およそ50分。

訪問看護、訪問入浴、訪問診療は、私自身の環境への順応とひとへの慣れが人一倍必要だった。

何しろ私は障害一級、介護5に認定された全介助の障害者でありながら、生意気にも障害者として自分の障害を受け入れられないでいたのであるから。

何事も思い通りとはいかなかったが、甘んじて受け入れた。

最初、多少のトラブルはあったが、数カ月もすると、その環境にも馴染み日常が進んだ。

K病院の訪問リハビリ体制も整い、週2回の利用が可能となり、〝F〟の4回と合わせ、私のリハビリは週6時間となった。

私は一人でいる時間、自ら役立つと思ったことには、たとえ僅かの成果しか望めなくても毎日励んだ。


誤算もあった。

車椅子に乗る機会が減り、リハビリの効果が半減していることに気付かなかったし、食事をベッドで摂るようになり、妻の介助が増えてしまっていた。


2017年9月、退院から1年が経《た》った。

まだ背中はベッドに張り付いたままだった。

少しずつ、少しずつは、回復へと……でも微々たるものだった。

一年を振り返って思う時、立ち上がった姿を、いつもイメージしてリハビリを続けて来たのだが、一体いつになったら、あとどれぐらい、どんなことをすれば、自分の意志が体に伝わるのだろう。

そう思う気持ちの焦りが、必ず歩いてみせるという私の意志を襲い、度々リハビリを阻害した。

回復へと向かうメンタルの維持は、何よりも辛く困難を極めた。

それは、時間をおいて度々私の胸を締め付け、逃げ場を奪った。

そんな感情の起伏の波は、いつ訪れるともなく私を襲い、リハビリに向かう私の決意を簡単に折ってしまうのだった。

深く沈んだ心の拠り所を求めて、また自分一人で出来るもっと強力なリハビリツールを探して、知人や医療関係者、ネットなどを介して知見を求めた。

脳卒中で8年ものリハビリの苦悩を綴った脳科学者（註）の回復への執念、私がリハビリを続ける上で、より強靭な意志で麻痺に立ち向かうヒントはないものか？

救いを感じるものは？　と読み耽ったが、脳科学者の周りにはたくさんの専門家がいた。

私の周囲とのあまりにも違う環境、比べれば差を埋めきるものではなく、私は、『俺、よく頑張っているよ』と思うしかなかった。

そんな中で私が最も強く興味を惹かれたのは、欧米の安楽死や尊厳死の実情を取材（註）したものだった。私は、それに魅せられてしまった。私は、それに囚《とら》われてしまったのだった。

そこには、私達の国にはない医療の世界が展開されていた。澱んだ追い詰められた空間にいる私は、共感を覚え、こんなものの中に、逃げ込みたくなってしまっていた。グラつく精神状態の中で、優しい甘美な囁きに引き込まれそうになった。

手術をし、あるいは放射線治療を施し、延命に尽くす。方法が尽きて漸く緩和治療。私の場合など、治療を止めてもいつ尽きるとも知れない命、精々リハビリを止めて衰えが早まる程度である。ちょっと辛すぎる。

深く沈んだメンタルをより深く巻き込もうとする大きな波は、闘病を始めて以来のスケールで私の周囲を暗く閉ざした。

気持ちの持ちようなのは理解しているのだが、この精神の波は制御し難く、私を暗闇の中に引きずり込んだ。

どうすれば、あとどのくらいで、寝返りが出来るようになるのだろうか？
どうすれば、あとどのくらいで、立てるようになるのだろうか？
どうすれば、あとどれくらいで、車椅子に乗れるようになるのだろうか？
どうすれば、あとどれくらいで、着替えが出来るようになるのだろうか？
どうすれば、あとどれくらいで、鉛筆を持って書けるようになるのだろうか？
どうすれば、あとどれくらいで、食べることが出来るようになるのだろうか？
どうすれば、あとどれくらいで、……。
どうすれば、……。

と、ひとりいつまでも、どうすれば、と反芻《はんすう》を続け、出来るようになった姿を思い描くのだが、いつも最後には、どうすれば、ひとりで頸《くび》を括《くく》れるのだろうか？自殺願望などというわけでもない、何も手段を持たないどん詰まりの袋小路にいる私だった。

メンタルが沈んだ時、辿り着くのはいつもここだった。

際限なく浮かんでは消える〝どうすれば、あとどれくらい〟を繰り返す内に、突然、私を見る父親の顔が私の目の前に現れた。

亡くなる3日前の大晦日、生前最後に見た父親の顔だった。

帰省していた私は、病院のベッドで死を待つしかない父親の髭を剃り、温かいタオルで顔を拭いた。

私を見た父親は、穏やかな瞳を私に向け、物言えぬ目で確かにこの時、呟いた。

「もう、いいよ」それは確かに、もういいよ、と父親の目は呟いた。

私は、その父親の表情に、自分が生きるために、自ら掲げた誇り、人生を渡って行くため、強く鍛え上げた信条、自分が生き抜くために、身に着けた、義理や人情、野心や闘争心など、身に着けたそれらの薄衣《うすぎぬ》の1枚1枚を脱ぎ捨て、身軽になった自分に満足し、安堵の心地良さの中の表情を見たような気がした。

私の父親はおよそ二年に及ぶ闘病を続けていた。何度も何度も病院を変え施設を渡り歩いた。

これを私は悔いていた。こんなに何度も病院を変えてよかったのだろうか。果たして父親は望んでいたのだろうか。親族なら誰でも考えるだろう、生きていてほしいと。本当に父親は望んだのだろうか。

父親の最期の言葉を疑念と共に聞いた。

認知症状の父親が正常圧水頭症（註）を疑われれば、その専門病院へ、違うと診断が出ると一週間もしない内に新たな期待を持って別の病院で検査、治療。最後に辿り着いたのは療養病院。

突然の下血により総合病院を訪れたのだが、肝臓癌と診断を受けた。高齢ということもあり緩和処置のみで療養病院へ戻った。この時、父親は「もういいよ、もう転院は！」と力なく言ったのだった。

驚いたのは、緩和処置が効いたのか認知症状が強く出ていた表情が引き締まり、力はさすがに弱かったが明確な意志のある顔に戻り、生きた声を発したのだった。

そんな父親の最期の言葉を私は確かに聴いた。

年が明けて1月3日、臨終に立ち会った妹から連絡があった。「苦しみませんでした」と。

この時、腑に落ちた。そうか、やはりあの時、自分に決着をつけていたか、と思えた。あの時の目は、数カ月前までの闘病に疲れた濁った瞳ではなく、透き通った瞳だった。そして今になって、まだ早いよ、お前は。そんなに重い物を背負って、そんなに一杯しがらみやら義理やら、増してや、そんなにでかい未練だって抱えたままじゃないか。

そんなもの抱えたままじゃ、死ねないよ！　もっと苦しめ、そんなことを考えるのは十年早い。

親父《おやじ》はそう言った。

それを目の当たりにして、何をつまらないことを長い時間考えていたのかと思った。

リハビリを続ける、必ず歩くなどと見栄を切って、周り中を巻き込んでおきながら、泣き言を並べて『死にたい』などと騒ぐ、情けない自分。

大きな荒浪《あらなみ》に耐えたストレス、自分に迫る自らが招いた災難に、あまりにも脆弱な精神力を恥じようともせずに逃げようとする私を父親は激しく叱った。大きなストレスを乗り越えたような気がした。

自分の在《あ》りようを安楽死(註)や尊厳死(註)に求めるなんて、小賢しいことを考えるのは、もう止そう、余命を告げられたわけではない。手足を失ったわけでもない。

第一生きたくても、死を受け入れたくなくても、それを受け入れざるを得なかった後輩に失礼ではないか！　私は発病前、治療も空しく三人もの後輩を失っていた。

私の麻痺は動かないだけだ。どんなに少しずつだって、努力すれば必ず動く。

幸い、脳の損傷は逃れたのだから。

取り敢えず未練の薄衣《うすぎぬ》の1枚を脱ぎ捨てたような気がした。

1年前と比べたら、飲食のトロミ剤は必要がなくなり、話す言葉は単語から短い文章となっていた。

足首が上下に動く程度だった左右の足は、膝から脹脛《ふくらはぎ》を通って細い糸のような神経が繋がり、最近、それは太腿まで伸びていた。

一年の単位で振り返って見ると、確実に回復に向かっていた。ただ、長い時間が必要だった。

そんな私の介助を続ける妻は、一日中何も言うこともなく見守ってくれた。

朝起きてすぐのバイタル、排尿の始末、洗面、三食の準備と食事の介助。

朝昼晩の20分ほどの体の揉み解し、訪問診療、訪問看護、訪問入浴、訪問リハビリの準備や対応。

ケアマネージャーとの打ち合わせ、各種社会保険の手続き等々。

もちろん、日常の家事全般、挙げればきりがないほどのことを私が寝入るまで毎日続けていた。

悩みながら、苦しみながら続ける私のリハビリより、遥かに挑戦的なことに妻は挑んでいた。

7　激　痛

脳幹梗塞で被った麻痺と正面から向き合い、葛藤を克服し、長くなりそうなリハビリ療養へ腹を固めたばかりのことである。

ポツンと宿ったたった一つの小さな痛みが、いとも簡単に私の覚悟を一瞬で吹き飛ばした。

２０１７年10月４日、朝６時頃。

朝起きると右胸、鎖骨の下辺りに小さな点程度、ポツンと痛みがあるのが気になった。

身体の外側から加わった痛みではなく、内側から誕生した痛みだった。

直径３～４㎜程度だが、とても硬い確固たる意志を持つ塊を感じた。

ほんのちょっとした痛みだが、とても気になる嫌《いや》な痛みだった。直ぐに消えればいいのだが……。

努めて気にしないようにして、朝のニュースを見るともなく見ていると、ちょっとした痛みだったはずの痛みが、ハッキリとした痛みへと姿を変えた。

食事の支度をしてきた妻に痛みを伝えたが、大丈夫、そのうち治まるだろうと食事を始めた。

初めて感じる痛みに、我慢しながら食事を続けたが、痛みが捨て置けない重いものに変化し始めたので、食べるのをやめた。

しばらく様子を窺うが、痛みは鎮まる気配はなかった。

やがて痛みは、突然、肩から肋骨の裏を通って、ハッキリと姿を現したかと思うと、いきなり内臓を鷲掴みにしてきた。

覚悟などする間もなかった。

想像を遥かに超える激痛！　堪え切れるはずなどない、絶叫にもならない大声を上げた。

「大丈夫!?　救急車呼ぶ？」と妻、

「嫌だ、やめろ！」と激痛の中で叫ぶ私。

こうなっては、救急車を呼ぶしかないのは分かっている。だが、嫌だった。

妻を困らせた。

何故？　何であれ、S病院に搬送されるのは、絶対に嫌だった。

S病院、あんなところに身を委ねるなんて嫌だった。

それに1年をかけて自分で工夫して馴染んだ、体交をしなくても体を保てるベッド上の姿勢が、病院に入れば病院の常識で体交を強いられる。それが嫌だった。

躊躇の大きな原因はこの二つだった。


痛みは嘔吐を伴った。激痛は間断なく私を攻めた。

妻が「看護師さん、呼ぶわ！」訪問看護師のことだった。

今更『救急車を呼べ』とも言えず、痛みに逃げ場を失っていた私は、救われた。


看護師はすぐに駆けつけてくれた。8時になっていた。

素早く体温、血圧、血中酸素を測定、触診して患部を確認したと思ったら、痛がる私を尻目に「奥さん、救急車！」この看護師、間髪を容れず、躊躇なく叫んだ。


その叫びに激痛も忘れるほど驚いた。

いずれ否が応でも救急車で病院に行くしかないだろう、と激痛の中でも思ってはいたが、あっさりと救急搬送を決められてしまった！

この看護師に、こうして背中を押されなければ、激痛との境目でいつまでも救急車を呼ぶことに、躊躇し続けただろう。

救急車は10分もしない内に到着した。看護師が何か話している。

救急隊員が担架を持って部屋まで来て、ベッドのシーツごと体の下に置いた姿勢を保つためのクッションも一緒に、担架に乗せ救急車に運び込んだ。

車の中で嘔吐しながらも、激痛に耐える。

救急隊員が「搬送先はS病院」という声を聴き、悶絶しそうな苦しみの中で、「止めろ、S病院なんか止めろ！　あんな病院は止めろ！」と吠えた。

隊員、冷ややかに「菊池さん、そんなことはここまで！」「はい、出発！」

無念、またもや、あの病院か。この地域に救急病院は、S病院しかないのか？

激しい嘔吐感が次々と襲って来るが、吐瀉《としゃ》には至らない、それが余計に胸の苦しさを増幅させた。

痛い！　しかし、逃げ場がない。右胸部付近を起点とする激痛は全身に拡散する。

病院では、すぐ検査室に向かった。しかし、検査室の前には、大勢がいて検査の順番を待っていた。

どうした？　またか？　何故、救急患者が後回しに？　これがS病院の救急診療の流儀か？

私のS病院への心象は更に悪化する。

理由はすぐわかった。この時間帯は、診療が始まったばかりで、検査予約の患者の行列が出来ていたのだった。

検査を待つ間も、襲って来る激痛に、もう身の処しようもなく叫び続けた。

私の経験の中にある痛みは、どんなに痛くても引く瞬間というものがあるはずなのに、今、私を襲っている痛みは全く手を緩めない。

息を吸う間もなく激痛は容赦なく私を痛め付け、叫びの空間に私を置き去りにする。

そんなに声が出るはずもないのに、喉にかかっていた構音障害の声の膜が、破れたかのように大声が出続けた。

叫び声の先から痛みも外に吐き出されるような気がした。その一瞬だけ痛みが抜けた。

意識も朦朧《もうろう》として喚《わめ》き散らす中で診察が行われた。

点滴がいくつも繋がれた。処置室か手術室か、経過観察なのか留め置かれた。

痛みが治まらない。そばを通る看護師が話すには、痛みを散らす薬は打っているという。

そういえばさっきまでほどの激痛ではない。これで鎮まれば退院、今日はこれで様子見だという。

しかし一晩中、痛みは引かなかった。

痛みと過ごす夜は長かった。痛みはすぐそばにいて、片時も離れなかった。

ナースコールが見当たらなかった。痛みの中、看護師を呼び続けた。

すぐそばの廊下を絶えず誰かが通る音がするのに、来てくれる者は誰もいなかった。

いつの間にか、夢と現実の区別もつかない無限の痛みの中で魘《うな》される自分がいた。

痛みに吠え続けて一夜を過ごした。それでも痛みに慣れなどなかった。

拷問は続いた。時間の経過の認識もなかった。

朝が来ていた。看護師が血液を採取していった。

血液検査は白血球が相当増えていた。手術だという。

早朝、妻が呼び出され、手術承諾書にサイン、手術は10月5日11時10分と伝えられた。

痛みと共に待った。とにかく早く痛みから解放されたかった。

しかし手術の開始は遅れた。11時50分に変更された。

時間になった。手術室、「先生来ますよ。麻酔を開始します」と看護師。

麻酔の吸入が始まる直前、急激に痛みが差し込み、私は叫んだ。

「待て！　大門《だいもん》未知子《みちこ》(註)を呼べ！」(この時、人気のドラマの凄腕《すごうで》外科《げかい》医の名前を叫んだ)

すかさず看護師、「菊池さん、大門先生はお忙しいのよ」

「それに大門先生は、とてもお高いの」

私は、洒落《しゃれ》た台詞《せりふ》を返して来た看護師の言葉に妙に納得して、穏やかな気持ちで意識を麻酔に任せた。

瞬《まばた》きをしたぐらいのつもりだったが、目を開けると手術は終わりＩＣＵらしきところに移されていた。

覚醒してすぐ、そうだ、あの看護師は？

あの声を求めて周囲の声に耳を聳《そばだ》てた。

あの声を発した看護師は、私にあの洒落た言葉を残した看護師は見当たらなかった。

あれは、麻酔に入る前の出来事か、麻酔に落ちた後の夢か？　はっきりしなかった。

痛みは少し和らいでいたが、続いていた。

痛みの原因は壊疽性胆嚢炎だった。

開いてみると、胆嚢は壊疽が進み真っ黒に腫れ上がり、メスを当てるまでもなく、ボソッと取れたそうだった。もう少しで破れて危険だった、とも聞いた。

そんなことを後で聞いても、薬で散らそうと一日延ばしたのは、無駄なことだったのか？

一晩中痛みに耐え続けたのは、S病院だからこその事だったのか。騒ぎ続けた自分が滑稽《こっけい》に思えた。

腹部には縦に20㎝ほどの大きな手術痕と、両脇腹には二本のチューブが差し込まれていた。

左脇腹の一本は胃瘻《いろう》の管、もう一本は胆嚢切除後の残液排出のためだった。

手術後、私の腕は、生まれたばかりの赤ん坊のように手指を固く握り締め、肘をきつく折り曲げ、胸の上に両腕を置いたままの姿で硬直し、解《ほぐ》れなかった。

呼吸は浅く苦しく、飲み込みの起点や気管の入り口、声帯は、在るべき位置になく鳩尾《みぞおち》の辺りまで落ちてしまったような感覚だった。

胃瘻《いろう》の管の意味はこのためか？

ベッド脇にいくつもぶら下がっている点滴液の中に、気持ちの悪い色をしたものが入ったチューブ状の袋がぶら下がっていた。その管は私の左脇腹へと繋がっていた。痛みにあれほど大きな声が出ていたのにもかかわらず、遠くから聞こえるような小さな声しか出なくなってしまった。

ベッドの上の吸引器の正体は、こういうことか。

何故？　唖然とした。微々たるものとはいえ、1年間のリハビリの成果が吹き飛んでしまった。

ポツンと宿った小さな痛みの点は、私の覚悟も決意も根こそぎ薙ぎ倒し、奪っていってしまった。

8　焦　燥

廃用《はいよう》（註）というらしい。

激しい痛みが筋肉を委縮させたのか、麻酔がリハビリで復活した筋力を奪ったのか私は知らない。

たった一日で一年分のリハビリの成果を失くしたのは事実である。

微々たるものとはいえ、長い時間をかけ積み上げてきたものを、実にあっさりと失ってしまった。

ポツンと宿った小さな痛みは、麻痺に立ち向かう覚悟を消滅させ、痛みに耐えかね恥も外聞もなく大声で喚く醜態を演じさせた。

徒労感が際立った。病院のベッドで考えるともなく、今までのことを考え続けた。

空虚な時間を過ごした。

手術を待つ前夜、痛みに叫び続けながらも眠りに落ちた瞬間にも、手術後の痛みに耐えながらも眠りに落ちた瞬間にも、何故か同じ夢ばかり何度も何度も見た。脈絡のない夢だった。

足元を河幅のとても広い河が勢いよく流れていた。黒い水を湛えた河の流れはとても速かった。

一面枯れ草で覆われた河原を歩いていた私は、不意に河端を滑り落ちそうになった。何処から現れたのか急に手を掴まれた。事なきを得た。

誰が手を差し伸べたのか周囲には誰も見当たらなかった。風が枯れ草を巻き上げた。突然、声が聴こえた。河岸にひとり佇んでいた私は一瞬の内に病院のベッドの上に引き戻された。

よく終末期、死線を彷徨《さまよ》う者に、「声を掛けてあげて」とか「手を握ってあげて」などと聞かされる。そんなことが、痛みの拷問の中の私に、こんな夢を創作させたのか。お花畑こそ見なかったが、黒い河を渡ったらどこに行けたのだろうか？

河の流れはとても急で、どす黒かった。もっと穏やかで澄んでいたら……。

醒めて、「さあ、どうしようか」と思った。今度は渡ってみようかなどと。

失くしたものは、微々たるものとはいえ、私にとっては、とても大きなものだった。焦りはあった、悔しさもあった。しかし、不思議と気持ちは落ち込まなかった。ただ、リハビリの中断は痛かった。気力の充実が図れなかった。

しかし今は、術後の患者として、養生に努めようと思った。気力が満ちて来るのを待とうと思った。


手術を担当した外科医から、手術後の廃用でリハビリが出来るか、K病院に打診してみる、と提案があった。

この話は双方の担当者同士の行き違いがあったようで実現出来なかった。

期待はしていたが、それで気持ちが揺さぶられることもなかった。

2週間ほどして、抜糸、と言っても、大きなホッチキス針のような針を抜いた。

合わせて残液を流していた管を抜去したが、胃瘻の管は短くして左脇腹に固定された。

2017年10月19日、S病院を退院して、自宅に戻った。

胆嚢炎にしては、長い入院だった。

脳梗塞の原因となったドロドロの血液をサラサラに保つ薬が、手術の傷口の凝固を遅らせ入院を長引かせたようだ。

自宅療養の日常に戻った。リハビリをしても、手術の後遺症か、体全体に力が入らなかった。

10月30日、月に一度の診察のためK病院を訪れた。

主治医に胆嚢炎など、その後の経緯を話すと、S病院からの話は、全然知らなかったという。

どうやら事務方同士の話では、意味が通じていなかったようだ。

K病院、S病院で話し合った結果、K病院へリハビリ入院することになった。

廃用が理由で3カ月90日間の入院だった。入院日は11月15日と決まった。

胆嚢炎で入院、手術、加療、自宅でリハビリか、病院でリハビリか、と話が二転三転し、気持ちが定まらない日が続いたが、やっと落ち着いた。

S病院で胃瘻の残りの管を抜去し、K病院への入院に備えた。

この間、再開した訪問リハビリとFのリハビリのお陰で怠《だる》く力の入らない体に少し活力が戻った。

11月15日、K病院入院の日、私は付き添いに息子も伴った。

入院手続き後、看護師は検査室に私と入った。そこには検査技師がひとり、案の定、看護師とふたり、検査台に乗せようと無理な姿勢をとらされそうになった時、私は部屋の外で待つ息子を検査室に呼んだ。

息子と共に移乗を無事済ませた私は、看護師に無闇な感情を抱かずに病室に落ち着いた。

前回、全身麻痺で入院し、リハビリを受けた時は、あまりの状態に何も出来ない自分が為すすべもなく、唯々《ただただ》療法士に縋《すが》っただけだった。

今は、自分の状態を理解していた。そして、それがとても困難なことも理解していた。悪戯《いたずら》に目標を遠くに置かず、目標を近くに置いて、それに集中することにした。

私はこの90日間の入院を割り切って、特定の部分の強化に絞ることとした。

腕は全然力なくダラリとして、力の拠り所をなくしてしまっていた。両手とも握力は5kg以下だった。

また、腕も手も指も痙縮し、腕は遠くに伸ばせなかったし、体のそばから離れなかった。手は手首が内側を向いて真っ直ぐにならなかった。指も縮まって握ったままだった。

療法士は無くなった筋力の強化、痙縮の揉み解《ほぐ》しのため、様々な動作を繰り返し行った。根気のいるリハビリだった。手近な遊具を使い、毎日、毎日、繰り返し続けた。

途中、左手が少し機能するようになったところで、左を中心に左手を強化し、利き手を左に移して食事の練習をする提案があったが、私は食事に限らず、先を見据えて均等に進めることを求めた。

療法士は私の考えを尊重して、繰り返し両手の治療を続けた。

足の強化は家では出来ないことを中心に据えて強化を図った。

立つという行為に時間を費やすことを前提に、足の感覚を養うことに専念した。

療法士は、それに適う機器を使用して毎日繰り返し行った。

嚥下や咀嚼の強化は少し優先度を落とし、担当STの休日はフォローを入れなかった。

その分を足の強化に時間を多く取った。

こんな具合に、1日3時間のリハビリスケジュールを組んだ。私の意志を尊重して貰った。

思いもかけず機会を得た入院リハビリ、とにかく自宅ではなかなか出来ないことに集中して毎日を過ごした。車椅子の利用もスケジュールに入れた。

こうして割り切ってリハビリに取り組むと、他人《ひと》と比べて、自分の不幸に気が沈むこともなく、以外に淡々と入院生活を過ごすことが出来た。

それは何より自分自身の症状がそう簡単なものではないことを、私自身理解出来ていたことが大きかった。

今までの焦りは、社会制度の壁も少なからずあったとしても、悪あがきに等しい高い目標を目指し過ぎたことと私は、理解していた。

K病院は延べ1年にもなる入院生活となり、病院の慣習、雰囲気、職員にも馴染んだ環境だった。

同じ食事の介助を受けるにしても、当初は食物を口に運んでもらっても、咀嚼中に次の食物を目の前に用意されると、急いで呑み込もうと、むせてよく吐き出してしまったりしたが、今は急ぐこともなく自分を主体に食べることが出来た。相変わらずここの食事が不味《まず》いことに変わりはなかったが。

もっとも、気の利いた看護師、介護福祉士は私の咀嚼を観察し嚥下を確認してから次に取り掛かった。

また、治療中療法士に、全身に麻痺を負っても、認知力だけ確かなことを恨めしく思うと話すと、彼は、それが逆だったらどうします？　と問いかけてきた。

私の理解の及ばない高次脳機能障害の複雑な障害の現れ方、不思議でしかない症状、益々分からない世界のようだった。

今まで考えてもみなかった難しい問いかけに私は戸惑った。

かなり厄介な患者となるだろう。施設に任せるしかない。自宅療養なんて有り得ないと思った。


担当STは、私が思う〝高次脳機能障害〟は、意味がちょっと違うと教えてくれた。

どうやらこの世界は奥深く緻密で想像の敵《かな》わない症状であることらしかった。

またこの担当STは、気が利いていた。自分の及ばないところは先輩たちを伴って現れ、施術を施してくれた。

不足気味のSTの時間を補うため課題資料もたくさん残してくれた。とても熟《こな》し切れないほど。


この入院は、これまでの自宅療養、これからも続く自宅療養を支えてくれる妻には、格好の介護休暇となったことは、確かだった。

2018年2月7日退院、自宅療養に戻った。

僅かだが体幹が鍛えられたことは認識出来た。

9　明日に向かって

私がこの病気を発症したのが、２０１５年３月、リハビリを経て、復帰しようとした矢先、２０１６年３月に再発した脳幹梗塞は生きることを放棄したくなるような症状を私に残した。

こんなにまでなって、何故生きるのか分からなくなることが、何度もあった。長い時間をかけて、回復へ挑む覚悟を固めたところで、ポツンと宿った新たな痛みが数時間後には、絶大な痛みへと変化し、固めた覚悟を握り潰した。覚悟が泣き言へと変わる自分が嫌になる。

しかし、痛みは去った。回復への執着心と気力は以前にも増して充実していた。

２０１８年11月、発症してから３年半、再発してから２年半が経ち、近頃やっと動けないことへのストレスをやり過ごすことを覚えた。

ひとりベッドで悶々と過ごすこともなくなり、時間を持て余すことなく過ごせるようになった。


何より医者への怒りと憤りの大きさが、メンタルを強く保たせてくれていた。


今、私の身体の状態は、寝たきりでベッドのリモコン操作でやっと起き上がる、まだ寝返りも打てない状態である。

手は左手にタッチペンを持ち、キーボードのキーをポツポツと拾って打つ程度は出来るようになった。タッチパネルは指先が震えて定まらない、右手の握力はペンも握れない状態であるが、リハビリでベッドから起こして貰って座位を取れば、ひとりでも座れるようになった。

足で蹴る感覚も強くなり、確実に体感が向上している自覚は持てるようになった。

いずれ歩く日は必ず訪れる。

排泄は未だ摘便、バルーンも付けたままだが、きっともうじき身軽になれる。

咀嚼や嚥下、呼吸や言葉もだいぶ回復した。今ではちゃんと会話ができる。

しかし、電話は難しい、第一受話器が保持できないが、顔を突き合せた会話ならば問題ない。

食べ物だって、一番難しい麺類を介助の手を借りられれば食べられるようになった。

今リハビリは、私のライフワークとなった。

そばにはリハビリパートナーのＦがいる。

何回も自宅リハビリを中断したのにもかかわらず、困難に付き合ってくれていた。

少しでも回復の手応えを感じられればメンタルが保てる自信は、今までの経験で十分培われた。

新たな疾患が襲おうと、受け止めることが出来るだろう。

幸い時間は十分ある。

立ち上がる自身のイメージが現実味を帯びて来たこの頃である。

第三章

明日に向かって　そしてその後

1　再生

２０１６年３月。

完全に全身麻痺となった自分を自覚し、ベッドでただ毎日毎日病室の天井を見続けるしかない。

天井のひび割れやシミの位置、その数さえ記憶に残り、目を閉じても瞼の内側に投影されるほど何もすることがない。することがないというより、何もしたくないし、何も出来ないのだった。

思考も止めるほど麻痺は私を侵した。何かを考えることも、したくなくなっている自分、考えることも嫌になっている自分がいた。

こんな無様な自分は、周囲から一体どんな存在と受けとめられているのだろう。

医師が時々覗いては、私の手や足を触診し、ぼんやりと目を開いている私を覗き込みながら、「足を動かすように」と促す。

冗談じゃない、と全身で訴えかけようとしても身体は無反応である。

医師は反応しない私を見放すように握った足を手放し、何事もなかったように立ち去る。

力を込めようとしても込める力は、身体の何処にも湧いてくる気配がない、拠り所がないのだった。

頭の中もそうだった。思考の核が生まれないのだった。

ただ今と言う現実の中に思考は止まっていた。

一定の時間ごとに訪れる看護師や介護福祉士は、毛布を捲《めく》り、ズボンを下げ、オムツの汚れを確認した。

私は羞恥心に身を捩《よじ》り、逃れようと体を精一杯動かすのだが、無反応な身体は悲しくそれを受け入れるしかなかった。

やがて抵抗を諦め、そうした感情の起伏も麻痺したかのように日常の一部となっていくのだった。


全身麻痺とは完全な個の喪失だった。

一週間も経った頃、全く生きるよすがを失いつつあった私に猛烈な悔恨が育っていた。

動きたい、動いてこの苦しさ悔しさを叫びたい、と。

それは生きているのが嫌になるほどの時間を無為に過ごす自分に、反抗する気力の芽生えであった。

私は動きたいという気力を手や足に伝えた。気持ちだけでは何ともしようがなかった。

何の変化も生まなかった。

しかし、ただ天井に向けられた瞳と同様に動けと念じ続けた。

念じ続けながら眠りに落ちる。

微睡《まどろ》みながら念じる『足ヨ！　動け！』『この私の気持ちを受けとめろ！』と。

巡回が時折これを邪魔したが、思い起こしてはこれを念じ続けた。


麻痺は全身を覆っていることに変わりはなかった。


数カ月にもわたり、念じ続け、足の指が動くのを感じた。

ここぞと動かし、念じ続けた。

数を数えた。何百回、何千回と、一日中、毎日、毎日手足に「動け！」と念じ続けた。

そのうち他人《ひと》にも動く足指が伝わった。やがて足首が動いた。毎日続けた。


２０１７年春。

膝から一筋の意志を持った神経腺維が、足に向かって漂っているような感覚を覚えた。とても頼りない数本の触角のような神経腺維が、膝の裏側を廻《まわ》って脛《すね》の辺りから足を目指して漂い始めた。

今まではベッドの底板部分に置いたクッション上で、足の指先を上下に動かす動作を繰り返すことに専念していた動きだったが、足の裏全体でクッションを押す、つまり足首を動かすことから足全体でクッションに力を込める動きに変化した。

2017年夏。

訪問リハビリの二人に時間の共有をしてもらい、ベッド脇に布団を敷き、そこに下ろしてもらった。

体幹が整っていない体は、姿勢が定まらず、支えてもらわないと座ることも出来なかった。

二人の力を借りて、ベッド脇に膝立ちし、ベッドに掴まろうとするが、痙縮《けいしゅく》する腕は思うように伸びてくれない。上半身を体ごと投げ出すようにして、ベッドにうつ伏せになる。

腕を使って上体を持ち上げようと試みるが、グンニャリとベッドに押し付けられた顔は上がらなかった。それならば、と頭だけでも上に上げようとしたが、それも無理だった。

仕方なく二人に支えられて布団に座り、花札を始めた。役を作る余裕もなく、２回もするとクタクタと崩れる姿勢に、グラグラの身体でベッドに戻った。

ベッドに戻って漸く大きく息をついた。

体力は、まだまだこの程度。

２０１７年秋。

再発後、自宅療養を始めて一年。精神的な落ち込みにも気力で立ち向かう術《すべ》が身に着いていた。

リハビリを通じて胆力が増し、前向きな日常を過ごすようになっていた。

脚に走る神経腺維が膝と足首をしっかりと捉え、更に膝から太腿に向かい出した神経腺維を感じられるようになってきた。

こうなると療法士が持つ私の脚は、療法士の手を確実に蹴る感覚が実感出来た。

長くかかった、ここに至るまでの進歩を、Ｆと心から分かち合えた。

この後、ポツンと宿った小さな痛みが、私が育てて来た精神世界とリハビリの継続で漸く仕上がりを見せ始めた身体の仕組みを暴力的な破壊力で総てを奪い去ったのである。

２０１７年11月～２０１８年２月。

再び回復期病院。

廃用で失った時間と機能を取り戻すことへの挑戦を始めた。立つことや歩くことが目標ではなかった。

この時の回復期病院では、破壊されたダメージをいち早く取り戻すことが目的だった。

自宅でリハビリを続けることを前提に、歩くことの準備に充分時間をかけた。

Ｆとこれ以降どう進めるか模索を続けた、３カ月90日間だった。

あまり期待を持ち過ぎずに過ごしたリハビリは、激痛前の体力と基本稼働域を取り戻し、次への期待を持たせる体が出来たような気がした。

２０１８年春。

ベッド脇に座りバランスを取る試みが始まる。ただ座るだけなのに上手く座れない。

手が自由に動かないことが、こんなに座ることの妨げになるなんて。

Ｆの治療は、腕と上半身に半分の時間を費やした。

脚と繋がった神経腺維は月を追うごとに太さを感じ、少しずつ強さを実感出来るようになってきた。

リハビリは座ることとの練習に変わりはなかったが、ベッドの高さは次第に高くなり、高座位を目指した。その延長線上には立つことがあった。

２０１８年初夏〜冬へ。

この頃になると、ベッド上の姿勢も安定し長時間座っても疲労が少ないという実感を私は得ていた。

かねてよりの企てに挑むことが出来そうだった。妻に膝の上にパソコンを載せてもらった。

ダメだ、重い！　ちょっと堪えられない。古い機種とはいえ、重くてとても手に負えなかった。

息子に最軽量パソコンの購入を頼んだ。

こうして闘病の記録の作成が始まった。午前中1時間、午後1時間、夜1時間。

肘が下がらないようにタオルを肘の下に敷き、腕の高さを保った。

自由の利かない右手はキーボードの右側のキーのみ（Shift, Enter, Back Space, Delete）。

右手より握力の強い左手にタッチペンを持って、ひとつひとつ文字を拾った。

指でタッチペンを持つ方が正確に打鍵《だけん》出来た。

ひとつの項が出来上がるたびに、Fを始め数人の知人に目を通して貰った。

読んだ寸評を貰った。間違いや勘違いを指摘してくれ、満更でもない意見に励まされ、どんどんペースが上がった。

1度に1時間だった時間は、1時間半程度に延びていった。

この間、高座位を目指すベッドの高さは大分高くなり、着座姿勢も安定を増していた。

私は次のステージを目指す方法を考え始めた。

2019年。

闘病記は決して満足のいくものではなかったが、出版社の審査を通り4月発刊が決まった。

リハビリをワンランク上げようと私は道具を探した。

なかなか目に止まるツールは見当たらなかった。

介護支援の様々な道具はあるものの、それはあくまでも介護する側のものでしかなかった。

ベッドで生活するためというより、外側から支援するものがほとんどだった。

ベッドの柵一つとっても、細く金属製で冷たいし掴まり難《にく》い、もっと太く木製の肌触りが欲しかった。

そもそもベッドのコントロールパネルは足元にある。背上げ、足上げのリモコンは、重く太い電源ケーブル、介護者仕様？　軽くコードレスが欲しい。

ベッドで使うテーブル、ベッド脇に置くか柵に渡すものしかない。

私は飛行機や新幹線に付いているような小型のテーブルが柵に付いていれば、便利だと思った。

飲みものも置けるし、読みかけの本も置ける。ベッドの住人には重宝な仕掛けだと思うのだが……。

介護用品の発想は衰えゆくひと達を想定し、衰えを克服しようとするものには冷たかった。

私はベッド柵を扉型に変えた。新しく30㎝幅のタッチアップを借りた。

ベッド脇に座り、左手でベッド柵の扉部分を握り、右手でタッチアップを掴んで立ち上がり、手脚の筋力強化を狙った。

それだけではなく、脚はベッドの底板と足の裏が密着するようにクッションを窮屈に挟んだ。

毎日ＣＤ1枚を聴き終わる程度の時間、蹴り続けることを日課とした。

5月、介護施設に依頼し、車椅子への移乗、買い物の手伝いを頼んだ。

私の目的は車椅子に乗ること、体にストレスをかけて、体幹を強くすることだった。

ただ介護施設は生活支援が目的での利用に制限されている、そんなわけで、週一度、近所のコンビニへの買い物の手伝いとして依頼した。200～300ｍの車椅子移動は体幹強化の目的には十分だった。

誤算だったのは十分過ぎるストレスだった。

舗道は綺麗な悪路だった。想定以上に車椅子には負担がかかった。

車椅子は構造上、肘掛けの位置やその幅が不満だった。

成果は期待通りだったが3カ月ほどで止めた。このストレスは強すぎた。

2019年6月、主治医を変えた。

医師や看護師、療法士などの医療従事者は、患者と対峙する当事者であって欲しいと思っていた。

どうしても患者の私と対峙しているようには思えなかったから。

訪問診療の医師に主治医を引き受けてもらった。

6月からタッチアップを使ってバランスを取ることが始まった。

10月、タッチアップに掴まりFの支えを得て、立ち上がってみた。

タッチアップが低く姿勢が苦しく、練習が思うように出来ない。ケアマネージャーによって5㎝高いタッチアップを探した。

たった5㎝でも効果、使い勝手が全然違った。練習に弾みがついた。


2020年正月。

太腿と臀部が確実に繋がった感覚を得た。

今までは足首と膝まではそう感じることが出来ていた。

太腿へと感覚が伸びている感じはしていたが、臀部を感覚として捉えたのは初めてだった。

この感覚があれば、立ち上がる日も近い。手応えは確実だと直感した。


この5年、幾度と襲うストレス。

元来、私は地道にコツコツと努力をしたり、毎日決められたことを繰り返すようなことは、苦手だった。

ところが今の私の日常は、週六度のリハビリを淡々と続ける日々。

私の気持ちの中に、夷《い》む心が芽生えた。毎日に嫌気がさすことも一度ならずあった。

『まっ、いいか！』現状を投げ出す気持ちに襲われる。

妥協であった。安易に楽な道に踏む込み、ベッドに体を預けたい気分にもなった。

歩くことを諦めて！


踏み留まったのには、妻の存在があった。

朝の洗面、日に三度の食事と体の軽運動、午前午後の間食の用意、週三度の摘便、週一回の入浴、月二回の訪問診療、週六回のリハビリに付き合い、支え続けたのは妻である。

投げ出すわけにはいかなかった。


２０２０年正月のある日。

孫が遊びに来てベッドの脇で妻とアルバムを見ていた。

「これ、おばあちゃんでしょ。これはママだよね」

「あっ‼　じいちゃん、立ってる！」

そうか、この子には私の立つ姿の記憶がないのか。

２０１６年３月18日、この日はこの孫と出かける約束をしていた日だった。

しかし私は一人留守番をすることに。

出かける前、「はい、じいちゃん、おみやげ、おやつにこれたべて、るすばんしているんだよ」

鮮烈に思い出した。

あの時、あの下痢を起こした日、この子のくれたお菓子をお茶と一緒に食べていれば！

孫の記憶と共に、一粒の後悔は大きくなった。

『よし！　じいちゃんは、今年は絶対歩く！』

2　コロナ禍

2020年、続ければすぐにでも立ち上がれるのではと思い始めた。

この感触を大切に、自身でも日々の生活に活気が出て来ているのが、自覚出来た。


1月半ば、感染症のニュースが、この頃から流れ始めた。

遠く中国で得体の知れない伝染病が発生した、とニュースが伝え出していた。

2月に入ると、横浜に入港中のクルーズ客船の中で新型コロナウイルスが感染爆発、連日ニュースの中心を占めるようになった。

合わせて医療体制の不備や医療関係者の感染リスクも大きく報じられるようになっていく。

東京では屋形船、中国人観光客を乗せた貸し切り観光バスの乗務員の感染。

市中のあちこちでも、新型コロナウイルスがどんどん感染を広げるニュースが日常的になった。

２０２０年３月。

新型コロナウイルスは日々私との間合いを詰めつつあるように感じる。

元気な身体なら何とも思わないのだろうし、こんな怯えはないのだろうが、訪問看護師や訪問入浴、訪問診療医など多くの医療関係者の手厚い介護で成り立っている私の日常である。

この内の一人でも陽性患者との接点が認められれば、忽ち私の生活は崩壊し、立ち行かなくなってしまう。私の日常は、脅威に晒されていた。

我が家に出入りするひと達も、メンバーを特定した体制を組み、また、それぞれが生活を律していた。

プライベートの外出を慎み、買い物さえ最低限にし、家族への監視も怠っていなかった。

仕事へのプロ意識たるや徹底していた。それでも私の怯えは日々高まった。

自然は人類の淘汰に入っている、そんな気さえ私の中では起こり始めた。

Ｆとのリハビリは、順調に段階を歩んでいると強く感じていた。

この調子でいけば、あと数カ月もあれば立てる、そんな気さえしていた。

３月27日、Ｆから連絡が入る。住まいの近所に陽性患者が出た、と。

2週間の自宅待機に入りたい、と。

個人事業主のリスク管理としては当たり前のこと、濃厚接触を伴うビジネスなのだから。その判断は的確であった。極めて常識的だと思った、私に感染リスクを負わせることを避けたのだから。

落胆はなかった。私は週間スケジュールのそばに自分で出来る強化策を付け加えた。発声、嚥下、咀嚼、呼吸、腕立て（両手で柵を握り、柵にできる遊びを繰り返し押し込む動作）、屈伸（ベッドの底板に置いたクッションを足の裏で繰り返し蹴る動作）、ジャンケン（足の指でのグーチョキパー）をメニューとして、毎日数セット繰り返すことを日課とした。

効果は実感出来たし、順調に体力が増していくことも実感できた。

4月、政府は微に入り細に入り政策を打ち出し、緊急事態宣言を発出した。

Fは事業の性格から5月連休明けまで休業を選択した。

ちょっと自分なりの進め方をFと確かめたかったが、継続の成果は認識出来ていたし、楽しみは先延ばしした方が増える物である。

明らかに握力や脚力が強くなり、発熱の時などに感じる脱力など気に掛けることもなかった。

日を重ね再開の楽しみは大きくなった。

4月29日、訪問看護の治療をいつも通り受けている時、異変が起こった。

急に呼吸が薄くなった。意識が切迫するのが分かった。姿勢を保つと感覚は元通りに。

一両日、安静に過ごし5月1日、看護師の訪問を受けた。

看護師は帰院後、訪問診療医に緊急要請した。

昼頃、重篤との連絡を請けた医師は飛んできた。

来るなり、私にS病院への入院を勧める。

食事のバランスが悪く、たん白質不足、栄養の吸収が上手くいかないため、身体に相当の浮腫みが出ていた。手足の浮腫みは、誰が見ても明らかだった。感じていないのは自分だけだった。

利尿剤を使うが、脳梗塞の薬と効果が衝突してしまう。

病院で経過観察しながら治療するのが安全で効果的だと。

しかし、S病院、私は、このまま自宅での処方を強く望み、これを固辞し続けた。

我流のリハビリも中断したくなかったし、Fとのリハビリの再開も迫っていた。

5月3日、入院。

この日朝から看護師の訪問を受けていた。浮腫みは続き、増していた。

そして午後、何とも手の付けられない状態に。看護師は医師と搬送先を求め連絡を開始した。

コロナの影響下にあり、搬送先の目途もなく救急車を依頼しても、どこに搬送されるか、何時間かかるか、今は分からないのだと言う。

私の我が儘で事態を切迫させてしまっていた。

S病院には搬送を拒否された。体温が37度を超える急患は受付けない！　熱のない急患なんているものか！　S病院の程度が知れた。内心、その電話にホッとした。

電話は何時間にも及んだ。午後5時ごろ、血中酸素が90以下に、意識が保てない。

看護師が私を扇いで、体温計を取り、「36・6度！」。

搬送先が決まった。救急車が到着し搬送先を伝え、病院へ。

息子もこの間、家に着いていた。

搬送先では様々な検査が待っていた。

一通り検査が済み、病室で点滴針を、しかし浮腫みは、点滴注射針を容易に通さなかった。

翌日も検査は続いた。利尿効果は4～5日目から出始めた。

5月8日、検査が追加された。


5月9日、医師が私の病室を訪れた。そして私に言った。

「菊池さん、検査の結果ですが、まだはっきりとした結果は、出ていません。もっとよく検査をすることが必要です。専門の病院の検査を受けることを勧めます。この病院のような小さな病院では、正確な診断が難しい部分があります」

「なるべく早い方がいいと思います。早く検査すれば、その結果、問題があっても対処方法はいくつもあります。遅くなれば今二つある対処法がひとつになってしまうこともあります」

私は「中断しているリハビリを早く再開し、中断のリスクを最小限に抑えたいこと、そのためには入院を長引かせたくない」

おおよそ医師の伝えたいことの察しはついた。

「自宅に戻ってすぐやりたいことがある。検査はその目途がついてからにしたい」と告げた。

医師は、まだ結果の出ていない検査もあるので少し待ちましょう。よく考えて下さい。と言い残した。

面倒臭いことだった。早く立って見せなければ。

この闘病記の完成を急がなければ！

3　今を生きる！

翌5月10日、妻が洗濯物を取りに来た。時節柄面会は禁止である。看護師を通じて洗濯物を交換した。

暫くして、もう帰ったと思っていた妻が面会謝絶の病室に息子と共に現れた。面会許可が出たと言う。

早速、医師からの診断結果について話し始めた。そういうことで面会の許可が出たのか。納得がいった。察した通りであった。肝臓癌である、ということであった。しかもこの肝臓癌、肝臓に転移したものだと、ちょっと想像を超えていた。それで妻は、早く精密検査を受けた方がいい、と言った。

我が家ではオブラートで包むような話はしなかった。それが家族間のルールであった、有難かった。余計な詮索は必要なかったし、疑心暗鬼に陥ることもなかった。

別に驚くこともなかった。落ち着いて話を聞いた。

私は、今はリハビリを優先したいことを告げた。検査結果がどうであろうと、後は、余命の話だ。

今保っている体の状態の内に、出来るだけリハビリを続け、闘病記を仕上げたい。もし検査を受け、そのまま緩和治療などに入ってしまったら、私の時間が無くなってしまう。

癌との闘病が始まったら、それに終わりがないことは明らかだった。それが勿体なかった。私は麻痺と闘っていた。癌と闘う気などなかった。

まず、ここから自宅に帰る。リハビリを継続しながら闘病記を片付ける。


翌日、息子がひとり面会に来た。親父《おやじ》にもう一度、それでいいのか、と。

私の意志に変わりはない。短い会話だった。


5月15日、医師が病室を訪れた。「菊池さんの意志に変わりはありませんか?」

それでは当院の診断書、紹介状を訪問診療の先生に情報共有を含めてお渡しします。

退院は5月23日、奥様が準備するそうです。

再び自宅療養の準備にケアマネージャーとの打ち合わせなどに、妻は忙しい1週間を過ごすだろう。

5月23日退院、私の乗る車椅子を持って息子夫婦と妻が迎えに来た。

介護タクシーで自宅に向かった。たった3週間の間に周辺の建売住宅は随分と完成に近づいていた。

5月25日、訪問診療医の診療を受けた。

入院した病院と訪問医の連携は取れていた。

訪問医は言った。入院検査の結果は、膵臓《すいぞう》由来の転移性肝臓癌。膵臓は体の後ろ側にあるので病気の発見が難しい臓器。そのため見つかった時には、他の臓器への転移が多い。特に膵臓や肝臓、腎臓は静かな臓器と言って見つかった時には、手遅れというケースが多い臓器だという。

菊池さん早く検査を受けよう。照会先は〝癌センター〟になる、という。

私は少し考えさせてくれ、そのように言うに留めた。

『転移性肝臓癌、膵臓由来』

ステージ4、余命、数カ月から数年。

紹介状を持って検査入院を申し込み、入院日が決まるまで数日、その後検査、検査結果が出る。

それで余命が分かる。手術、放射線治療、抗癌剤治療、いずれにしても、何もしないでリハビリが可能な期間を知りたいと思った。

癌治療のため、身体にメスを入れ、あるいは放射線治療で余命を延ばしたところで、この病気に生還はない。ならばリハビリに、立つ可能性により多くの時間を使いたい。癌治療に入るということは、それを放棄することに他ならなかった。

リハビリを続けられる間は、リハビリを続け、立ち上がることを目指したかった。立ち上がることを抜きに、徒《いたずら》に余命を延ばすためだけに生きたくはなかった。

人工呼吸器などを付けられて意識もない状態で3カ月の延命措置が取られるより、孫と話せる3日間を私は選択する。周囲は延命を望むかもしれないが、会話もかなわず、命だけを引き延ばすのは周囲の我が儘である。私はそう思う。

癌が私の立とうとする意志を疎外するなどということは、許せないことだった。

余命を知った上で、リハビリに専念する。癌には時間を与えない。

癌がリハビリに先行することがあったとしても、私は癌の治療を許さない。

私には、緩和治療があれば十分だった。

癌に先行して立つことが出来た時には、酒の一杯も飲もう！

ささやかな祝盃を上げよう！

２００８年、突然長年勤めた会社を辞めた時、２０１６年、自宅療養を決めた時、そして今度。

いつも意見することもなく、見つめ続けてくれた妻には感謝する！

麻痺と上るリハビリの坂、シーシュポスの迷宮は、楽園のように思えた。

註　釈

本注釈の出典について：それぞれの語句に『……とは』としてGoogle検索しWikipedia等を参考に筆者がまとめたものである。従って筆者の認識違いによる間違いが生じる可能性があること、ご承知置き下さい。

【あ】

安楽死《あんらくし》
助かる見込みのない病人を、本人の希望に従って、苦痛の少ない方法で死に至らせること。

欧米の安楽死制度は、自己決定による「覚悟の自殺」、脳神経内科医として診察が必須。

オランダでは４％が安楽死で死亡。

一方日本、終末期にあり苦痛のともなう治療を行っている患者が、延命治療を中止した結果として死期が早まる、治療中止という名の「消極的安楽死」は認められている。誤解も多いところだが、患者の意思で治療を中止し、結果として死に至ることは法的に禁じられていない。もちろん、本人が病気の予後と治療法について説明を受け、十分に理解して納得して自分で決めるという条件の下でのことである。

胃瘻

腹壁を切開して胃内に管を通し、食物や水分、医薬品を流入させ投与するための医療措置のこと。

インスリン

インスリンは、ブドウ糖を効率よく利用させるうえで必須のホルモン。膵臓から分泌される。

欧米の安楽死や尊厳死の実情を取材

『安楽死を遂げるまで』宮下洋一著（小学館）

【か】

介護福祉士

介護が必要な高齢者や障害のある人に対して、日常生活がスムーズに営めるように、その人の状況に応じた介助をしたり、介護に関する相談に応じたり、介護者に対する介護に関する指導を行ったりすることが主な仕事。

回復期病院

回復期リハビリテーションを必要とする脳血管疾患や、大腿骨骨折などにより身体機能の低下を来した患者を対象に、集中的かつ効果的にリハビリテーションを行う日常生活動作の改善、在宅復帰と寝たきりの防止を目的とした専門病院。

肉体《からだ》　体《からだ》　身体《からだ》

本表記は筆者の独自の表現。同じ「からだ」でも全身麻痺となり、どうしようもない中で自由に振舞えない「自我のないからだ∴肉体」と表記し「自尊心を保つからだ∴身体」と表記した。「肉体＜体＜身体」の順位で表記しており「体」の表記は曖昧な部分もある。

眼底出血《がんていしゅっけつ》

眼底出血とは、網膜や硝子体の出血という意味で、単独の病名ではない。原因はなんであれ、眼底検査で出血が見つかれば「眼底出血」と呼ばれる。

急性期病院

急性疾患または重症患者の治療を24時間体制で行う病院のこと。

言語聴覚療法士（ST：Speech Therapist）

言語、聴覚、発声・発音、摂食・嚥下、認知などの障害のあるものについて、その機能の維持向上を図るため言語訓練およびその他の訓練、これに関わる検査・助言及び指導その他の援助を行う。

また、その患者に対する機能評価やリハビリテーションを行うスペシャリスト。

高額療養費制度

病気やケガで医療機関にかかるとき、健康保険証を提示すれば自己負担額は原則３割。

しかし、もしもケガや病気で医療費が大きくかかり、支払いが何十万や数百万円かかったとしたとき、こんな高額な医療費がかかったときでも上限を設けて負担を抑えてくれる制度。

高次脳機能障害

脳卒中や交通事故などによる脳の損傷が原因で、脳の機能のうち、言語や記憶、注意、情緒といった認知機能に起こる障害を高次脳機能障害という。注意が散漫になる、怒りっぽくなる、記憶が悪くなる、段取りが悪くなる、などの症状がある。

【さ】

作業療法士(OT：Occupational Therapist)

日常生活をスムーズに送るための応用的動作のリハビリテーションを行う。ここでいう応用動作とは「顔を洗う」「食事をする」「料理をする」「字を書く」等の生活する上で必要不可欠な動作の事。

作業療法士は生きがい支援のスペシャリスト。

シーシュポスの神話

アルベール・カミュの随筆。

神を欺いたことでシーシュポスは神の怒りを買い、大きな岩を山頂に押して運ぶという罰を受けた。

シーシュポスは神の言いつけ通り岩を運ぶのだが、山頂に運び終えた瞬間に岩は転がり落ちてしまう。

何度繰り返しても、結局同じ結果にしかならない。人は、いずれは死んで水泡に帰すことを承知しているにもかかわらず、それでも生き続ける人間の姿を描いた随筆。

障害者《しょうがいしゃ》

内閣府など国の表記する文書などは「障害者」と表記されている。一方、多くの自治体が2006年ごろに表記を「障がい者」と改めている。「障がい」の表記の理由は「害」の文字に、マイナスなイメージがあるからのよう。

筆者は、この表記を偽善としか思わない。従って、本書では「障害者」と表記することとした。

傷病手当金

病気休業中に被保険者とその家族の生活を保障するために設けられた制度。被保険者が病気やケガのために会社を休み、事業主から十分な報酬が受けられない場合に支給される。

スーパーサイヤ人

鳥山明原作の漫画『ドラゴンボール』に登場する戦闘民族サイヤ人が、戦闘能力上昇のために変身した状態。

正常圧水頭症

治る認知症の代表疾患の一つ。

人間の脳や脊髄は、硬膜という容器のなかで、脳脊髄液に満たされている。脳脊髄液により、脳や脊髄は外からの衝撃から保護され、必要な成分を供給されている。

そんな脳脊髄液の量は、130㎖程度とわずかだが、毎日500㎖程度生産されており、1日に3~4回は入れ替わっている。高齢者に髄液の流れに障害がおこると、脳内に脳脊髄液が溜まってしまい、その結果起こる病気が正常圧水頭症。

尊厳死《そんげんし》

患者自らの意思で、延命処置を行うだけの医療を敢て受けずに死を迎えること。

【た】

体交《たいこう》（体位交換《たいいこうかん》）

寝たきり状態で偏った皮膚圧迫による褥瘡《じょくそう》を防ぐため寝る姿勢をまめに変えること。

大門未知子《だいもんみちこ》

『Doctor-X　外科医・大門未知子』テレビ朝日系で放送されたテレビドラマ。フリーランスの凄腕外科医の名前。

摘便《てきべん》

肛門から指を入れ、便を摘出する医療行為。直腸内に便がたまり、自然排便できないときに行う。

導尿《どうにょう》

排尿障害などの原因で尿を上手に出せなくなってしまった場合に、それを助ける手段のひとつとして、尿が膀胱に溜まったらカテーテルと呼ばれる管を尿道から入れて出す方法。

【な】

尿路感染症

排尿の際に不快感があるのが特徴で、尿道が短い女性に多い感染症。放置すると再発を繰り返し、治りにくくなることもあるため、早めの受診と治療が必要。

脳幹梗塞

脳梗塞と脳幹梗塞の違いは、起きる場所によって名前が異なり、脳幹は脳の一番奥にある土台部分で、脳梗塞は脳全体のいずれかの血管が詰まることで起こる病気。

脳梗塞

脳の血管が突然詰まって、血流が途絶え、脳の神経細胞が死んでしまう病気。

脳の細胞は、突然血流が止まると数時間以内に完全に死んでしまい、再生が困難なため、一旦脳梗塞を起こすと重大な後遺症が残ったり、生命に関わることもある。

脳出血

脳の血管が破れ、脳に血液が届かなくなり、脳の神経細胞に障害が起きる病気。

脳卒中

脳卒中とは、脳の血管が破れる（脳出血）か詰まる（脳梗塞）かして、脳に血液が届かなくなり、脳の神経細胞に障害が起きる病気。

脳卒中で8年ものリハビリの苦悩を綴った脳科学者

『奇跡の脳』ジル・ボルト・テイラー著（新潮文庫）

能力ランク

⇒私が療法士に期待する能力。

【は】

廃用《はいよう》

廃用症候群とは、安静状態が長期に続く事によって起こる。さまざまな心身の機能低下等を指す。

生活不活発病とも呼ばれる。

長谷川式

精神科医の長谷川和夫氏が開発した簡易知能検査。認知症の診断に使われる認知機能テストのひとつ。

バルーンカテーテル

カテーテルの先端に風船状に膨らむ機能をもったカテーテルのことである。特に必尿器科領域では、膀胱に留置するためのカテーテルを指す。別名「経尿道的バルーンカテーテル」という。

複視《ふくし》

両目で見たときの物が二重に見え、片方の目で見たときにはひとつに見える（両眼複視。双眼複視ともいう）。または、片目だけのときに二重に見えることがある（単眼複視。片眼複視ともいう）。

不随意筋《ふずいいきん》

自分の意志によって動かすことができない筋肉。主に自律神経の支配を受ける。内臓や血管の壁の筋肉、心筋など。多くは平滑筋であるが、心筋は横紋筋からなる。

【ま】

【や】

【ら】

理学療法士（PT：Physical Therapist）

怪我や病気などで体に障害のある人や障害の発生が予測される人に対して、基本動作能力（座る、立つ、歩くなど）の回復や維持、および障害の悪化の予防を目的に、運動療法や物理療法（温熱、電気等の物理的手段を治療目的に利用するもの）などを用いて、自立した日常生活が送れるよう支援する医学的リハビリテーションのスペシャリスト。治療や支援の内容については、理学療法士が対象者一人ひとりについて医学的・社会的視点から身体能力や生活環境等を十分に評価し、それぞれの目標に向けて適切なプログラムを作成する。

臨床心理士《りんしょうしんりし》

臨床心理士はテストや面接を通してクライアントの心理状態を探り、本人が自覚していない悩みや不安を明らかにして援助の方向性を定め、クライアントに寄り添い脇役を務める。

【わ】

私が麻痺との闘病中に読みヒント求め、記憶に残った主な著書

『奇跡の脳』ジル・ボルト・テイラー著（新潮文庫）
『「犠牲」への手紙』柳田邦男著（文春文庫）
『死を生きた人びと』小堀鷗一郎著（みすず書房）
『シーシュポスの神話』アルベール・カミュ著（新潮文庫）
『だけどだいじょうぶ』農中茂徳著（石風社）

私が療法士に期待する能力

少なくともこの程度の人格を磨いてほしいし、これくらいの技量を持ち合わせていて欲しい。

患者には、療法士の能力ランクを明示して治療にあたるべきだと思う。

見習療法士：国家資格取得後、就業開始6カ月、院内研修受講必修期間。

一般社会人研修及び医療従事者としての心得の修得。

初級、中級療法士の指導の下、臨床義務3カ月以上。

初級療法士：3年以上の当該ランク在留義務。

見習期間6カ月以上の経験者。見習療法士の指導、育成が出来る。

医療従事者としての責任感の醸成期間。

患者の日々の臨床計画を立案し、患者と共有出来る。

中級療法士：5年以上の当該ランク在留義務。

初級3年以上の経験者。見習、初級療法士の指導、育成が出来る。

医療従事者としての自覚を持ち、患者と対峙し関係を保てる。

患者の短期臨床計画を立案し、患者及びその家族と共有、臨床を進めることが出来る。

上級療法士：中級5年以上の経験者。見習、初級、中級療法士の指導、育成が出来る。

医療従事者としてのその役割を十分理解し患者に寄り添うことが出来る。

患者の短期、中期の臨床計画を立案し、患者及びその家族と共有、退院後の生活を指導することが出来る。

特定療法士：上級療法士経験5年以上が出願出来る国家資格。

有資格者は、医師に指示書、処方箋の発行請求が出来る。院外での臨床患者の獲得、及び治療が出来る。現在のフリーランスの免許制。

あとがき

なぜ?! わたしが、こうまでリハビリを続け、発病前の自分に拘《こだわ》ったのか？

麻痺とどう対峙し、絶望とどう付き合い、自分とどう向き合ったのか？


全身麻痺の身体は、日常の呼吸さえ危うい状態に私を追い込んだ。

手足の自由はもちろん、嗅覚、味覚、声を奪った。咀嚼や嚥下さえも困難な状態になってしまった。

麻痺という感覚がどのような状態か？


お解りいただけただろうか？

どうか私の闘病の日々を参考にしていただきたい。

やってはいけないことなど、よく考えていただきたい。


障害を持つということが、どんなことなのか理解を得たかった。

障害を持つ身になって、健常者の時、抱いていた障害者とはあまりにも違うことに気付いた。
朝起きた時、今日を生きる意味が理解できなかった。生きる気力が持てなかったのだ。
頭には靄《もや》がかかり、周囲の朝の動きが邪魔で仕方がなかった。
眼を開き周囲を理解することから、一日を始めなければならなかった。

周囲は障害って大変だね、と声をかけてくれるが、輻輳する障害の数や種類などには、興味を向けてくれないのだった。大変さ加減を理解して欲しいのだった。

コロナ禍、緊急事態宣言に数カ月の自粛を強いられたひとたちが、そのストレスに苛立ち、耐えられないと訴える、自由に動き回りたいと。何が不自由なのだろう？　ベランダで深呼吸が出来るではないか！
5年以上もベッドで暮らす私には分からない。動けない私と動くことを自制する違いはあるが、少々贅沢では……。

たくさんの障害を抱えて、今まで好きだった食物が、見るのも嫌だとか、鈍い嗅覚が捉える微かな匂いにさえ嫌悪感を覚えるなんて、考えてもみなかった。

例えば、蕎麦を食べる。

手も満足に動かない、呼吸も浅い私は、自分で蕎麦を手繰《たぐ》ることも啜《すす》ることも出来ない。

介助の手を借りて口に蕎麦を入れてもらう。

長い蕎麦を一気に啜ることが出来ずに噛み切る。

更に嚥下に問題のある私は、モソモソと咀嚼を繰り返し、顎を引いて慎重に飲み込む。

ツルッと一気に飲み込めない、そんな蕎麦にかつての美味しさなど感じるはずもなかった。


旨い酒も失った。


私の病を心配して知人から電話が来る。電話は妻が出て受話器を私の耳元にあてがう。

私は受話器を保つだけの力もない。

先方から私を窺う「モシモシ」の声。発声に問題を抱える私は応答のタイミングが3〜4秒ずれる。

その遅さに相手は再び「モシモシ」。

実にまどろっこしい、私の病の状態を知らない相手に理解は難しいことだった。

再発した私が何故、こんなに重い麻痺を抱えることになったのか、経緯を話したかったが上手く話せなかった。

それがリハビリに拘《こだわ》らせたもうひとつの理由《わけ》に違いなかった。

私は2016年3月、脳梗塞の再発以来、全身麻痺となり、どうにも自由にならない体に苛立ち、ある種、喧嘩腰で挑んだリハビリ、メンタルの維持、たくさんのひとの支えと労《いたわ》りがなければ不可能だった。

そろそろ立てそうな気がする。

シーシュポスの岩山との別れも近いと感じ始めたこの時に至って、私の抱える麻痺という名の岩との間に癌という名の邪魔者が入ってきた。

私は、まず岩を片付けてから、この邪魔者と対峙したいと思っている。

最後まで私が麻痺に立ち向う以上に、強力に麻痺と対峙してくれた周囲の協力には深く感謝したい。

シーシュポスの岩山の頂に、麻痺という重荷を下ろし、ひとり爽快に岩山を下りる私がいる。

今、シーシュポスの神殿は、私の庭となった!

2020年7月

菊池新平

明日に向かって　そしてその後のその後

それは、現実離れした痛みとか、想像を絶する苦しみとかでは表現できない世界だった。

私は、全ての点滴・投薬・強力な利尿剤の投与を拒絶した。

二日後、私の知っている痛みと苦しみの現実に立ち戻ることができた。

これでやっと、私の望む治療を受けることができた。

菊池新平

２０２０年７月29日

著者、菊池新平は２０２０年８月14日、膵臓癌により永眠しました。

菊池　新平（きくち　しんぺい）

1953年、宮城県生まれ
会社顧問

《著書》
『脳梗塞の手記』（2019年４月刊　東京図書出版）

脳梗塞を生きる

改編『脳梗塞の手記』

2020年12月10日　初版第１刷発行

著　者　菊池新平
発行者　中田典昭
発行所　東京図書出版
発行発売　株式会社 リフレ出版
〒113-0021　東京都文京区本駒込 3-10-4
電話（03）3823-9171　FAX 0120-41-8080
印　刷　株式会社 ブレイン

ISBN978-4-86641-370-9 C0095
Printed in Japan 2020